Este libro cotidian .... uia a día en un plano diferente, a veces irreal, insospechado, realmente mágico.

Una forma de ver la vida diferente, a veces muy hermoso y otras casi terrorífico, pero siempre llevando una lección de vida. Escrito siempre con mucho amor y respeto al prójimo y a la naturaleza, con un lenguaje elegante, claro y adecuado.

Atinado cuando queremos leer algo diferente y refrescante.

—Marta Prypchan, TX

Nos hemos leído el libro anterior de nuestra amiga de toda una vida, Helena Paneyko. Acabamos de terminar éste y quedamos gratamente impresionados de la prosa, de la narrativa emanada de Helena. Este libro supera con creces el anterior, que ya era excelente.

Con esta obra Helena ratifica su sensibilidada literaria, capaz de llevarnos a un mundo dibujado por una fantasía que se nos cristaliza como real ante su impresionante e insuperable estilo.

Helena se ha ganado un digno lugar en el umbral de la literatura sencilla y directa, despertando en el lector el ansia de devorar sus cuentos cortos y poesías, sin intervalos ni pausas. Es un libro que se esfuma en horas de grata lectura y al terminarlo nos deja un sabor exquisito que incita a la espera del próximo.

Enhorabuena, Helena

—Robert y Siomi Alonso, Miami, FL

Nuevamente Helena rompe esquemas y nos reitera que todas las posibilidades dependen de la perspectiva de quien desee encontrarlas y confirma que los sueños, la imaginación y el corazón no tienen arrugas.

—Loly López, Roselle, IL

IMPOSIBLE
¿Por Qué No?

HELENA PANEYKO

published by
THE VOICE OF SPANISH

IMPosible
¿Por Qué No?

PUBLISHED BY
The Voice of Spanish

ISBN 978-1717351395

Library of Congress Control Number: 2018905509

Cover Art by Maria L. Schon
Book Design by Ruth Marcus

Text is set in Minion

ÍNDICE

DEDICATORIA

Este libro lo quiero dedicar a los valores que me inculcaron mis padres y que me han convertido en lo que soy hoy. Soy el producto de mi educación, de mis oportunidades, de mi constancia y tenacidad. Soy el producto de la familia que me escogió y de las amistades que escogí. Soy el producto de mis creencias, de mi fe, de las múltiples bendiciones en mi vida.

Cada cuento tiene un poquito de mi realidad. Cada palabra tecleada está rociada con algo de magia.

Este libro te lo dedico a ti.

¿A QUIÉN CULPAMOS?

Éramos pobres. En mi casa ya no había comida, pero sí bastantes cucarachas y chiripas rondando por todas partes. La tierra improductiva, seca y rajada, quemaba nuestros pies descalzos y callosos. Las hormigas se dedicaban a construir sus montañas, palacios que las protegían del insolente calor que penetraba por cualquier espacio. Los escorpiones se escondían debajo de las rocas. Otras piedras se convertían en cuevas de serpientes que comenzaban a adaptarse a estos cambios ambientales. El agua que sacábamos de un pozo cercano se secaba rápidamente, dejándonos sedientos. La poca que quedaba salía marrón, llena de tierra.

Nadie en la aldea sabía leer o escribir. Aunque hubiéramos querido aprender, no había escuela cerca. No había hospital con servicios básicos, y la gente nacía y moría sin siquiera haber sido anotados sus nombres en un cuaderno de rayas. Estábamos abandonados a nuestra suerte, como los pueblos fantasma que desaparecen al cabo del tiempo.

No nos quedaba otra opción que salir en busca de otro lugar donde vivir si queríamos sobrevivir.

Así comenzó nuestra travesía en busca de alguna cosa, de migajas, de lo que fuese a cambio de todo, a cambio de nuestras vidas. Caminábamos durante días que se convertían en semanas. No teníamos ni idea de los nombres y lugares por donde pasábamos. Nuestro instinto nos guiaba.

Un día un señor moreno, bien vestido y con un bigote oscuro se acercó a mi padre. Le ofreció unas monedas a cambio de nosotras, las tres hermanas de ocho. No sé cuánto le pagó, pero a mis hermanas y a mí nos montaron en la parte trasera de un camión rojo, como aquellos que transportan ganado. Mis hermanos quedaron atrás, con mi gastada mamá y con papá.

De noche nos escondían bajo lonas y nos ordenaban mantenernos mudas. Así seguimos, un día tras otro, una semana tras otra. La batea del camión nos servía de casa, de cama, de comedor, de baño. Ya no estábamos solas, otras jóvenes se fueron incorporando y los espacios se hacían cada vez más pequeños. Nos movíamos con dificultad.

Una noche que recuerdo iluminada con muchas estrellas, unos hombres nos bajaron del camión. Después de golpearnos quedamos inconscientes. Al despertar todas estábamos magulladas, sangrábamos, no sabíamos lo que había ocurrido.

Nos levantamos y seguimos nuestro camino hacia el norte. Pasamos un río muy grande. Viajábamos de noche. Finalmente encontramos un albergue donde unos misioneros nos alojaron, nos bañaron y nos alimentaron. Nos quedamos allí ayudando con la cosecha y, a cambio, nos enseñaron a leer y a escribir.

Nuestras panzas crecían. Creíamos que eran parásitos, pero no. Al cabo de unos meses, algunas de nosotras comenzamos a parir en esta tierra nueva donde hablaban otra lengua que aprendimos con el tiempo. Nuestros indeseados bebés se convirtieron en nuestra salvación. Recibíamos beneficios gracias a ellos, a los chiquitos a quienes no queríamos. Aprendimos a manejar al sistema de tal manera que vivíamos mejor que muchos locales.

Esos niños crecieron, se educaron y amaron a su tierra, la tierra que los vio nacer. Eran los conocidos niños ancla, traídos al mundo sin su consentimiento. Otros niños como ellos habían llegado de la mano de sus madres y habían crecido como si fueran nuestros hermanos mayores. Son ellos los que no tenían futuro, porque no tenían papeles. Comenzaron a soñar en poderse quedar en el lugar donde habían crecido, pero las leyes…

Incertidumbre, miedo, amenazas.

No sé lo que es justo. No sé de quién es la culpa. No sé cuál es la solución.

Sólo sé que esa es mi realidad y la realidad de muchos otros.

ÁGUILAS Y CUERVOS

El águila volaba majestuosa en el cielo azul, finalmente azul, después de un largo invierno de cielos grises.

Extendía sus alas disfrutando del vaivén de la suave brisa. Se sentía el placer de su paseo celestial. Nada la perturbaba hasta que dos cuervos decidieron ir a su encuentro.

Envidiosos, trataban de alcanzar al águila. Querían expulsarla del espacio de todos y de nadie.

Le gritaban, graznaban desafinados con un tono desagradable que escuchábamos desde la tierra.

Aleteaban rápido. Apuraban su vuelo para poder molestar a su majestad.

El águila recordó entonces una de las lecciones aprendidas de sus ancestros: cuando te encuentres con aquellos que te envidian, no te pongas a su altura. Vuela más alto, donde los demás no puedan alcanzarte.

Así lo hizo.

Los cuervos, frustrados, comenzaron a picotearse entre ellos.

AJÁ

Frente a mí, hay un montón de gente tomando su café. Más que distraerme, pienso en las vidas tan diferentes que tiene cada uno de ellos. La forma en que agarran la taza, la manera en que saborean lo que hay en ella, el tiempo que les toma, la satisfacción en sus ojos, la sonrisa en sus bocas.

Algunos, como yo en estos momentos, combinan su placer cafetero con sus computadoras. Tecleando, levando la cabeza sólo de vez en cuando. Por alguna razón, logro concentrarme sin problemas y las palabras van apareciendo en la pantalla como por arte de magia. ¿Quién iba a pensar que esto fuese posible, apenas unos años atrás?

Recuerdo mis primeros encuentros con estas máquinas. Se me hacía tan difícil entender los alcances de este invento que ha transformado al mundo. Confieso que me sentí como si nunca aprendería a usarlas, y asistí a clases donde me enseñaban un nuevo lenguaje que no lograba captar. Pero no me quedó otro remedio si quería seguir siendo parte de mi mundo.

Increíble pensar en mi proceso de adaptación a lo que en ese momento era moderno y que hoy en día es hasta anticuado; fue tan difícil, hasta el día en que el momento del ajá llegó y pude entender un poco los alcances de esta nueva herramienta.

En la vida nos llegan esos ajá cuando la luz comienza a iluminar algún camino que parecía oscuro o cerrado hasta entonces.

"Ah, ¡ahora entiendo!", escucho a mis estudiantes decir.

"Ah, ¡ahora comprendo!", aunque no siempre tenga las respuestas. Quizás sea mejor entender que no todo tiene respuesta, simplemente es lo que es y ya.

He aprendido a disfrutar de eso, de mis momentos como éste, sentada frente a la gente que sigue tomando su cafecito.

BETO, EL PAVO LIBERTADOR

Me fui a pasar un rato a la biblioteca local. Antes de salir, me dirigí a los estantes donde están todas las películas. Poco sé de cine y de sus actores y directores, así que no elijo bajo esos criterios. Ayer decidí escoger algunas al azar. Así a veces me han salido unas excelentes.

Me deleitaba con una de las películas que saqué de la biblioteca. Comenzó muy entretenida, parecía una comedia. Poco a poco se fue transformando en una tragedia. No podía despegar los ojos de la pantalla. El corazón me latía como si todo me estuviera pasando a mí, como si fuera una pesadilla en tiempo real.

Atrapada, era yo la que tenía que escapar de dentro de la pantalla donde había sido aspirada por la trama. Qué angustia. No conocía a nadie, sospechaba de todos. El lugar era oscuro, ruidoso. Se hablaba en un idioma que no me era familiar. Gateaba a tientas. Mi sentido del olfato se volvió mi instinto de sobrevivencia y comenzaba a ver tridimensionalmente a través de los olores.

Así pude salir de la pantalla siguiendo el olor de aquel sancocho que había dejado cocinando en la hornilla. Qué alivio. Estaba enterita, ni un rasguño. La sopa, lista, me levantó el ánimo.

Esa misma cara de ánimo se la vi esta mañana al pavo a quien el presidente perdonó la vida y lo puso en adopción. Yo, sin pensarlo, lo recogí. Esta vez, sin embargo, ese pavo tenía algo más en su mirada. Cuando llegamos a casa, el gran pavo pudo disfrutar de haber sido perdonado de convertirse en la cena de mañana. Glugluteaba sin parar, y mi oído comenzó a entender su idioma.

Beto (así lo llamé), me contó que desde pequeñito lo habían reclutado y junto con sus hermanos y primos, lo habían encerrado en un lugar donde sólo podían comer, dormir, caminar pocos pasos y ver la televisión. La comida parecía de cartón, pero igual la comía, ya que no tenía nada más que hacer. Engordaba y engordaba. Pero Beto tenía un plan que les explicó a los demás. Comería más que los demás, no sólo para ser el escogido, sino también para que los otros se mantuvieran ágiles. Al ser llevado a la Casa Blanca, ya había dejado parte de la jaula lista para el gran escape.

Durante la ceremonia televisada, y al son de un sonido titarino de Beto, los pavos que habían quedado atrás salieron por un hueco camuflado con las hojas de otoño. Corrieron todo lo que pudieron. Habían escapado y eran libres.

A partir de ese año se declaró el Año Especial del Pavo, y por decreto ya nunca más fue parte de la cena de Acción de Gracias.

DEPENDE DE LA PERSPECTIVA
CON QUE SE MIRE

Apenas abrí los ojos y mi cuerpo le da la bienvenida a este nuevo día. Mi mente, un poco más perezosa deambula aún en mi cabeza, no del todo convencida de que tiene que despertarse. No le queda otro remedio, no la puedo dejar sola en la cama.

Celular en mano para usarlo de linterna, salgo a caminar con mi perrita Mía. Qué dicha tener una compañera como ella que no me deja quedarme holgazaneando. Aunque confieso que los fines de semana, o aunque fuese solamente los domingos, me gustaría que sus necesidades pudieran esperar un poquito más, sobre todo en esta época del año.

La luna llena ayuda iluminando el sendero; ella aún quiere seguir de parranda.

Voy abrigada. Mía también lleva un suéter de color beige, el único que había de su talla, y en oferta. Cuando lo compré y se lo puse por primera vez fue toda una odisea. Primero el cuello tortuga, luego los huecos por donde pasan las patitas, tratando de no rompérselas con esas manipulaciones tan antinaturales. Fue como vestir una muñeca viviente que no se dejaba. Por fin, las dos aprendimos y ahora se hace cada vez más fácil.

Comenzamos nuestro camino, y me siento como uno de esos dragones que vemos en las películas. Me sale humo por la nariz. Intento respirar por la boca y me sale aún más. Lo veo en el reflejo de mi linterna celular y el reflejo de la luna. Con cada paso que doy pareciera que estuviera pisando diamantes (en realidad, hielitos) junto con las hojas que han caído durante los últimos meses. Es como estar en un cuento, pero real.

También la naturaleza va despertando. Los pájaros, enredados en sus ramas, quieren estirar sus alas túmidas por el frío. Todo va a su ritmo, con calma, sin prisas.

Después de un rato, y habiendo cumplido con lo básico, damos la vuelta y regresamos a casa. Apago la luz del teléfono. Ya no tengo que ir viendo al suelo porque ha amanecido. Miro al frente.

Cuando llego a casa huelo algo diferente. No, no es la fábrica de papel con sus olores. Éste es un olor muy particular y único, y viene de la suela de uno de mis zapatos. El encanto de los momentos pasados, de repente, se esfumó. Mi zapato izquierdo venía decorado con una pasta marrón, suave y nauseabunda. Lo raspo contra la grama, aún mojada de rocío. Luego me lo quito con cuidado de no tocar lo que no debo y lo limpio lo mejor que puedo en un lavabo.

Trato entonces de pensar en la buena suerte que voy a tener hoy. El indicativo fue claro.

Ahora sonrío.

DEPREDADORES

¿Qué pasa? ¿Qué pasa? me preguntaba la niñita de mi vecina, mi amiguita de la infancia, cuando escuchaba los ruidos de los fuegos artificiales de fin de año. No los podíamos ver. Sólo sentíamos como si el suelo retumbara. Los perros de la casa corrían a esconderse. Los gatos, simplemente desaparecidos del mapa. Quién sabe dónde estarán acurrucados, esperando que pasen estas celebraciones.

Así ocurría año tras año, aunque ya la niña no preguntaba más.

Un año, sin embargo, los ruidos no estuvieron asociados con las celebraciones navideñas, ni tampoco eran fuegos artificiales.

Era domingo. Hora de misa. Todo el pueblo estaba en la iglesia, como era la costumbre.

De pronto, las puertas de la iglesia se cerraron y nos encontramos atrapadas dentro de ella. Habían entrado los guerrilleros a nuestro pueblo, gritando improperios, sin importarles quién pudiera oírlos. Disparaban a cualquier cosa que se moviera. Jugaban con las balas, apretaban el gatillo asustando a toda la población. Nosotros temblábamos, rezábamos desconcertados, no sabiendo qué hacer. No teníamos escape, estábamos rodeados por todas partes.

El jefe guerrillero entró, y sin mediar palabra, mató al cura.

Pasaron unos segundos que parecieron una eternidad.

Nos separaron en grupos de mujeres, de niños y de hombres.

A los niños nos llevaron en medio de los lamentos desesperados de nuestros padres y abuelos. Después, y enfrente de nosotros, volvieron a cerrar las puertas de la iglesia, y allí murieron calcinados todos los que quedaban.

Yo era una de esas niñas, me habían secuestrado. Caminamos mucho tiempo, amarrados con unas cabuyas que nos quemaban la piel. Mi voz se apagó. Mis lágrimas se secaron. Mi alma me había abandonado, parecía que se me hubiera borrado. Me volví una guerrillera por necesidad más que por convicción. No tuve alternativa. Dentro de mí, sin embargo, todavía quedaba una llamita de esperanza que ocasionalmente me entibiaba la sangre.

Pasaron los años. Me entrenaron a disparar, a extorsionar, a robar. Me insensibilizaron. Ya nada me importaba. De noche, o cuando podía dormir, soñaba con mis padres y mis hermanitos, a quienes nunca volví a ver. No dormía mucho. Cambiábamos de terreno constantemente. Escondidos entre las selvas aprendimos a sobrevivir. Nos acostumbramos a los mosquitos y a las garrapatas, a las culebras y arañas. A quien se enfermaba lo eliminaban. Eran un estorbo innecesario que retrasaba el paso. Sus cuerpos eran lanzados a ríos infestados de pirañas para que no quedaran huellas ni pruebas de nada.

Mi amiga y yo nos comunicábamos con la mirada.

Un día decidimos planificar nuestro impensable y casi imposible escape. El abuso y el maltrato eran insoportables. Sabíamos que nos la jugábamos toda, pero más valía la pena morir en el intento que seguir esta tortura en vida.

A ella la agarraron. Yo, escondida entre los árboles vi cómo la violaron y la quemaron con ácido. El cuerpo, ya casi sin vida, fue enterrado, dejándole la cabeza afuera, que pateaban como si fuera balón de fútbol hasta que murió.

Ahora más que nunca debía salvarme, debía contar nuestra historia.

Aquí estoy, reviviendo mi pasado tormentoso, pero queriendo respirar mi presente esperanzador.

Mucha gente me ayudó.

Ahora vivo en otras tierras donde creo que estoy a salvo. Las cosas aquí también están cambiando y quiero gritar que entiendan que todo puede transformarse de un momento a otro. Yo nunca pensé que mi país podría cambiar del paraíso que era al infierno que es hoy.

Me vienen a la mente estas palabras y tiemblo. No hay guerra sin paz, y no hay paz sin guerra.

Nosotros, los humanos, somos los únicos depredadores que destruimos a nuestra misma especie.

¿Y por qué?

DEVUÉLVEME A LA VIDA

Se me olvidó decirles tanto…Anoche, me aparecí en tus sueños, de verdad. Fue a propósito. Ya no pude esperar más.

Hay tanto que aún no saben de mí.

Las quise tanto, tantísimo a todas mis niñas, a todas mis peques aunque ya fueran grandes.

Tanto las quise que no quise imponerles mi vejez en solitario.

Vengo hoy mientras duermes para decirles a través de ti que me equivoqué, no en mi intención sino en mi elección. Me dejé llevar por una sonrisa falsa que buscaba enamorarme. Me dejé engañar por la piel aún tersa y tostada por el sol, por la juventud madura, por el revivir temporal que resultó ser mi prisión. Cuando quise salir de ella, no encontré la llave. Ya no pude escapar.

Nos engañó a todos.

Aunque ya no puedo volver a la vida y ahora que te lo conté me puedo ir en paz.

Tu papá.

PD: Papá, lo supimos desde el principio. Fuiste el mejor papá, con la mejor mamá. Vuela tranquilo. Nosotras estamos bien. Nos dieron la vida, ¿qué más que eso?

EL ÁRBOL Y EL MONO

El árbol, atornillado en la tierra con sus raíces, abría sus brazos al cielo. La suave brisa movía sus ramas y las hojas simulaban una danza armoniosa. Todo pasaba sin novedades. Un día, sin embargo, el viento sopló con una fuerza indescriptible. Un remolino de hojas, palos y basura se movía sin control, desplazándose por todo el parque nacional. El ruido era ensordecedor. Parecía que nunca fuese a terminar. Pero como todo, también eso pasó.

Casi desnudo, sólo le quedaban unas cuantas hojitas que se agarraban a sus ramas con fuerza.

Al cabo de unos días el sol comenzó a asomarse. Cada día se asomaba con más intensidad. Nuevas hojas comenzaron a brotar, una a una, hasta que se convirtió en un frondoso, grande y fuerte árbol.

Un mono se acercó. Lleno de energía comenzó a saltar de rama en rama, entusiasmado. No se cansaba.

De pronto, el árbol comenzó a hablarle al mono. Mono, a veces quisiera ser como tú, saltando de un lado a otro, pero no puedo. Estoy plantado en este sitio y no puedo moverme de aquí.

El mono al escucharlo, respondió. Árbol, yo quisiera tener raíces como tú y sentirme estable, pero mi espíritu aventurero me impulsa a seguir explorando.

Así se quedaron conversando. Los dos tenían vidas muy diferentes. Sus existencias eran parte del ciclo de la vida. Cada uno pudo decirle al otro lo maravilloso que era. El árbol entendió que era útil, que proveía sombra, frutos, flores. También era un sitio seguro para los pájaros que anidaban en él. Era manjar para las abejas. Era importante. El mono entendió que también servía para mucho. Entretenía a quienes lo observaban. Reía. Era un atleta y un curioso.

Levantaron sus brazos de nuevo al cielo, y agradecieron lo que eran. Habían entendido su papel en el universo.

El árbol siempre será un árbol, el mono, siempre un mono.

EL BOTÓN MÁGICO

Regresé a casa después de un corto viaje. Coloqué la maleta encima de la cama para vaciarla. Encontré un botón. Era un botón grande, redondo y de color verde oscuro. El borde externo era más ancho que el resto. En el centro tenía cuatro agujeros. Me recordó cuando nos enseñaron a pegar botones en la escuela primaria, en clase de manualidades. Han pasado los años…

No pude relacionarlo con ninguna de mis blusas. Qué extraño. ¿Cómo había llegado hasta allí?

Lo tomé en mi mano.

De pronto comenzó a vibrar, a bailar, a saltar, como si tuviera vida propia. Lo atrapaba para que no cayera al suelo. Era una pieza única. Me sentí cual malabarista. A medida que corrían los segundos el botón se agitaba cada vez más y se me hacía cada vez más difícil evitar que se desplomara. Mi perrita se movía como loca. La gata también quería atraparlo, pero no se dejaba. Al fin tocó piso y salió rodando a gran velocidad. Las tres lo seguimos.

Los botones que guardaba en mi costurero salieron en fila, marchando, atraídos por ese raro objeto con el que se identificaban. Les siguieron los hilos, los dedales, las tijeras, alfileres y agujas, y entre todos tejieron un mosaico muy original, único, difícil de describir. Al igual que el botón líder, se movían al ritmo de una música lejana que sonaba inundando el ambiente con sus notas suaves y melodiosas. Parecían objetos felices, como si tuvieran corazón.

De pronto me pregunto si tener corazón significa ser feliz.

El botón verde me miró con sus cuatro ojos como si hubiera escuchado mi pregunta mental. Todos los demás objetos pararon lo que estaban haciendo. Querían escuchar la respuesta del botón.

Una sola palabra fue suficiente para contestar, una palabra mágica.

Después de algunos momentos de espera, elocuente y claro dijo: depende.

Volvieron todos al costurero. El botón verde se metió de nuevo en la maleta.

Desde entonces viajará conmigo, como un recordatorio que mi felicidad depende de mí.

EL BOTÓN ROJO

Existió hace mucho tiempo un país con mucho poderío. Ese país era respetado por muchos. Era un país donde los sueños se hacían realidad, donde había muchas oportunidades, donde se respiraba aire limpio, donde la majestuosidad de sus montañas cobijaba sus tierras, donde los ríos seguían su cauce natural, donde los mares lo cuidaban por el norte, donde había orden. También tenía sus problemas.

Al principio llegaban refugiados de guerras que venían a sobrevivir y a prosperar en el país. Después comenzaron a llegar más y más personas de otras partes, la mayoría con buenas intenciones.

Ese país fue creciendo y creciendo. Su petróleo alcanzaba para mucho y para todo.

El poder que tenía se fue diluyendo. Sus recursos se los repartían entre pocos. La corrupción se extendió hasta un punto incontrolable. Las diferencias de clases sociales y económicas se fueron haciendo cada vez más marcadas.

Un día se presentó el gran salvador de la patria y la gente creyó en él. Su ambición disfrazada de discurso político populista lo llevó al poder. Pasó poco tiempo antes de que se le cayera la careta, pero el pueblo, siempre tan...busque usted la palabra que mejor cuadre, pensó que nada podía empeorar. El pueblo se equivocó. Las cosas fueron de mal en peor, y de peor a mucho peor. ¡La gente no tenía qué comer más que lo que encontraba en la basura que botaban los poderosos. Los niños comenzaron a morir de malnutrición. No había medicinas, ni gasolina, ni libertad, ni derechos, ni ley.

El oro negro que una vez permitió la bonanza ya no se producía como antes y fue sustituido por un oro blanco con el que se traficaba con el mayor apoyo de todas las autoridades.

Y el pueblo dejó de creer, tal vez muy tarde.

Parece que ese tipo de mal se expande como algunos virus de esos que no tienen cura conocida hasta el presente, y otros países se fueron contaminando. Era como una mancha de petróleo que va creciendo, que se va metiendo por todos los resquicios, que va destruyendo todo lo que encuentra a su paso.

Llegó a países vecinos.

En otras tierras ocurren cosas similares. También hay líderes millonarios salvadores de la patria que han convencido al pueblo de sus buenas intenciones. Ha pasado muy poco tiempo y las caretas van cayendo. El gabinete formado busca beneficiarse más y de más, de negocios que les produjeran ganancias solo a ellos. Practicando bajo el complejo arrogante del todopoderoso que todo lo cree saber, comenzaron a cortar comunicaciones con los demás países, se voltearon a sus aliados creyendo que podrían salir adelante sin ayuda. Cuando se fueron quedando aislados y despreciados por su propio pueblo, apretaron el botón rojo.

EL CALENDARIO VIVIENTE

Miro a mi alrededor. Miro y no veo. Me detengo frente al calendario que marca el fin de mes. Pronto pasaré esa página también, la del calendario que está en la pared y del que llevo por dentro.

Quiero decorar cada día de mi calendario. Dejo los espacios en blanco para poderlos llenar con mis planes y mis sueños, para poderlos visualizar y para poderlos encaminar. Como no sé pintar muy bien, porque ese gen se les pasó por alto a mis padres cuando me concibieron, recortaré trozos alusivos en revistas. Algunos días, sin embargo, tendrán los colores del descanso bien merecido. Otros días tendrán pensamientos, reflexiones y hasta fotos de mis seres queridos. Otra cosa que tendrá será olores estimulantes de hierbas frescas, de frutas, de flores, de pinos, de lavanda, de rosas, de mar, de grama mojada por la lluvia. Detrás se escuchará música de fondo.

También en los cuadritos del día estarán los recordatorios de fechas especiales, de cumpleaños, de celebraciones, y esos días también saldrán del papel los amigos para darnos un gran abrazo y celebrar juntos, aunque sea por un rato.

Lo especial de ese calendario es que estará vivo.

Las figuras podrán comunicarse conmigo, no sólo de palabra. Saldrán del almanaque y me contarán también sus planes y los compartiremos cuando nos toque.

Los colores cambiarán de acuerdo con la hora y con el clima.

Por detrás de cada día habrá un cuadernito para escribir cómo pasó todo. Una especie de diario que, después de llenarlo, encogerá su tamaño y quedará adherido. Al escribir, haré mención de las bendiciones que recibí.

Cuando mi calendario finito se termine, quedará para quien quiera leerlo, copiarlo, usarlo.

Por ahora, sólo está en mi imaginación, pero me gusta la idea.

EL DIARIO DE UNA CARTA

Hace algún tiempo Laura recibió la noticia de que sus días en la tierra estaban contados. Su salud empeoraba rápidamente y el pronóstico de su enfermedad era reservado. Ella estaba consciente de ello. Al principio se rebeló, no podía creer lo que le estaba pasando. Después se deprimió por razones obvias. Iba a dejar a sus seres queridos y la vida que tanto amaba y que la había llenado de bendiciones. Por último, aceptó su destino y quiso hacer de sus últimos días los mejores de todos.

Se fue entonces a su escritorio, que había heredado de su abuelo. Era un escritorio de caoba, de esos que se les abre una hoja y queda una superficie donde puedes escribir con facilidad. Su abuelo había sido escritor en una época donde las máquinas y las computadoras no existían. Había escrito todo en él, a mano, con una letra hermosa de la que se enorgullecía.

Laura había también heredado ese don de la escritura. Aunque normalmente escribía en su computadora, esta vez decidió escribir a mano. Su letra Palmer, aprendida en la escuela de monjas, le había ganado elogios en su momento.

Con mano firme, una pluma fuente con tinta negra y un delicado papel cebolla, escribió una carta. La carta la metió en un sobre. El sobre, sin embargo, no era del mismo color del papel. Era de un color verde manzana, el color favorito de Laura.

Uno de los últimos paseos de Laura fue al correo donde escogió una estampilla muy hermosa, casi mágica, que hacía juego con el color del sobre. El sobre se destacaba sobre los demás, y, con todos los demás sobres, fue tirado en una caja con un destino marcado.

En la oficina de correos todo funcionaba como en los aeropuertos. Cada cosa en su lugar, con una eficiencia envidiable. Así, con la estampilla que era el pago del pasaje de la carta, metida en una caja que era su asiento, partió. Dando tumbos dentro de un camión, la caja llegó a una oficina de correos más grande donde clasificaron de nuevo su contenido. Esta vez, y en otra caja, la llevaron al aeropuerto, la metieron en un avión. Y así, voló a otras tierras. En el avión hacía frío, pero la carta verde con su estampilla mágica se mantuvo en movimiento, calentita.

El ave plateada aterrizó al cabo de muchas horas.

De nuevo llegó la carta a otra oficina de correos y a la bolsa del cartero, quien la entregó a Jorge, uno de los hijos de Laura. Ella había calculado que la carta llegaría a su destino una vez que ella hubiera partido al suyo, y así fue.

Por fuera el sobre indicaba que no se abriera hasta que toda la familia estuviese reunida.

El día llegó.

La carta tenía pocas palabras escritas, pero cada de una de ellas con un mensaje muy especial.

"Hijos, cuando tengan esta carta en sus manos estarán juntos y podrán compartir este momento. Me fui a un lugar donde estoy ahora reunida con su padre. Estoy feliz. Quiero que recuerden que cada día estará lleno de oportunidades. Aprendan a verlas. Cada día estará lleno de bendiciones. Aprendan a recibirlas. Cada día estará lleno de sueños. Aprendan a vivirlos."

Todos sacamos una copia de la carta y una copia del sobre. La enmarcamos y la leemos cada mañana.

Siempre te tendremos presente, mamá.

EL ESPEJO QUE SUDABA

Sudaba sin parar.

Me fui al baño a refrescarme la cara. Al levantar la vista y quererme ver en el espejo, éste también sudaba. Parecía que todo se estuviera derritiendo.

Traté de limpiarlo con una toalla, pero la toalla me quemó la mano. Estaba mojada. También sudaba.

El espejo comenzó a desaparecer, la toalla también. ¿Y yo?

Traté de mirarme las manos. Mis ojos nublados no podían encontrarlas. Pero las seguía sintiendo, sé que todavía las tenía. Las uñas empezaron a caerse por el suelo. Parecían nadar en un río de sudor.

Sentí frío, mucho frío, y comencé a tiritar incontrolable.

Escuchaba voces, pero no podía contestar.

La cara, ya desfigurada, perdía su definición.

Yo también comencé a derretirme como si fuese un helado sacado de la nevera.

Ya no me quedaban fuerzas. Ya no tenía ilusiones. Me había entregado.

La ventana tenía una raja.

De repente, una brisa comenzó a entrar. Soplaba cada vez con más fuerza. Las uñas saltaron a mis dedos, la toalla se secó, el espejo volvió a ser lo que era. ¿Y yo?

Recobré mi forma, mi ilusión y las ganas de seguir.

No quiero volver a vivir esa experiencia, esa pesadilla que tuve mientras sufría de un shock por calor.

EL MOSQUITO SOLITARIO

Zumm, zummmmm…
   Me cubro la cabeza con la sábana.
Zumm, zummmmm….
Me volteo y me la vuelvo a cubrir.
¡Qué fastidio! Con tanto espacio para volar y se empeña en seguir molestándome.
Entonces enciendo la luz, busco mis lentes y se hace el silencio total.
No lo encuentro.
Apago la luz, y comienza de nuevo el zummm, zumm mmmm…
Por lo visto es un solo ejemplar porque no hay otro que le conteste.
Debe de estar frustrado por eso, de no tener apoyo. Y yo ya no tengo paciencia.
Salto de la cama para buscar una vela con aroma a cidronela. No sabía que los mosquitos tuviesen el olfato tan desarrollado para disfrutar de la aromaterapia que le estoy preparando.
Ahora, con la vela encendida y el mosquito escabullido no puedo cerrar los ojos. No puedo dejar la vela prendida.

Ya que me tuve que despertar por culpa de la criatura voladora y de la vela, no me queda otra sino abrir el libro que me entretiene y me educa en estos momentos. Lo voy leyendo. Llevo una página y los párpados los siento pesados. Los ojos se me van cerrando. No, no me puedo ir a dormir todavía. El mosquito debe estar cerca.

Uff, qué fastidio. Tener que cambiar mis horas de descanso por ese insectico con alas.

Ya, ya no puedo más.

Soplo la vela, tranco la puerta del cuarto con la esperanza de que se haya salido, apoyo la cabeza en la almohada, cierro los ojos y...

Zumm, zummmmmmm...

De un manotazo a ciegas, he logrado acabar con el concierto.

Ahora puedo dormir.

EL NIÑO QUE QUERÍA SER

Han pasado muchos años.
El semáforo cambió a rojo.

Me tocó parar en una esquina.

Se acercó un mendigo. Con la mano extendida pedía ayuda.

La perrita no ladró esta vez. Parecía haber reconocido a la persona. Me extrañó.

De pronto, uno de esos momentos de lucidez y yo también lo reconocí.

Era Eduardo. Estaba tan cambiado, pero no me cupo duda que era él.

Le invité a subirse al carro y nos fuimos a comer a una cafetería cercana.

Nos sentamos.

Todavía él no sabía quién era yo, así que comencé presentándome de nuevo. No esperaba que se acordara de mí.

Nuestras familias habían sido vecinas.

Cuando nosotros nos mudamos, Eduardo todavía era un niño de once años, esa edad en la que comienzan a definirse ciertas tendencias.

Yo recuerdo que sus padres, Ana y José, estaban desesperados. Su segundo hijo había definido su futuro y se negaba a estudiar. Si, iba a la escuela, pero no hacía los trabajos, no participaba en clase. Estaba ausente, pensando en su sueño. Lo llevaron a cuanto médico pudieron. Le hicieron exámenes de todo: de sangre, electrocardiogramas, resonancias magnéticas, psicólogos y terapeutas, y nada. La fijación llegó a ser una obsesión.

Apenas pudo, Eduardo abandonó el hogar para convertirse en lo que siempre había querido ser, un mendigo.

Ahora, delante de mí, parecía casi de mi edad. Sucio, cansado y muy delgado. La droga y su soñado estilo de vida lo tenían acabado.

Comió como nunca he visto comer a alguien. Le pedí que comiera más lento, que masticara, pero le faltaban muchos dientes.

No me pude quedar indiferente.

Eduardo fue recluido en una clínica de rehabilitación.

Sus padres, que no habían sabido nada de él, fueron notificados. El amor por su hijo seguía latente a pesar de todo.

Recordando las palabras de Tim Storey: "Las decisiones de hoy son las realidades de mañana".

EL OCTOPUS AVENTURERO

En el mar todo se vale.
    Sus criaturas no necesitan pasaportes o permisos para ir de un lado a otro. Ellas mismas deciden lo que más les conviene. Si les gusta la oscuridad, se van a lo profundo. Si les gusta el calorcito, se van al trópico. A pesar de toda esa basura que enturbia sus aguas, son capaces de encontrar su espacio.

Un día, después de una tormenta de esas que tumban alumbrados, palmeras y techos, las mareas se alteraron. Un pulpo, aturdido por tanta marea y tanto vaivén, terminó exhausto en las blancas arenas de una isla del Caribe. Octopus, como quiero llamarlo, comenzaba a despertar. Enredado en sus ocho patas, la arena pegada a sus ventosas le hacía su marcha lenta y pesada. Sus tres corazones latían recordándole que estaba vivo.

El sol le quemaba tanto la piel que se tornó roja. Parecía langosta. Comenzó arrastrándose hacia la sombra. Con paso lento y seguro llegó hasta una pequeña cabaña donde un grupo de seres extraños hablaban a gritos. Una rendija le permitía observar lo que ocurría. Con su primitiva lógica no lograba entender tanto drama. Se deslizó por debajo de una puerta lateral. Para él, era como una obra de teatro, una obra de terror. De pronto uno de los actores cayó al suelo después de terminar de recitar el libreto. Casi le cae encima. Los demás actores lo abandonaron y desaparecieron.

El piso se llenó de un líquido rojo y pegajoso, muy diferente a su sangre azul.

No. Ya no le gustaba estar allí.

Salió.

Regresó a la orilla del mar y dejó que las tibias aguas, ya calmadas, le arrastraran de vuelta a su hogar, a su libertad.

Su aventura con esos bípedos fue triste y traumática. Nunca lo entenderá.

EL PUENTE

Hace un día soleado y tibio. Ideal. Todo parece estar en su lugar.

Delante de mí, un larguísimo puente colgante. Es ancho y se ve sólido y muy seguro.

Las águilas volando en lo alto me invitan a cruzarlo. Algo me dice que lo cruce, pero…

Bueno, allí voy.

Me agarro de los rieles. Abajo veo las copas de los altos árboles como si fueran colchones naturales.

¿Por qué será que siempre soy tan aventurera y arriesgada? ¿Por qué no me quedé en casa hoy?

La voz de mi subconsciente me susurra que siga adelante. Confío en mis instintos y me digo ¿por qué no?

A lo lejos, lo desconocido.

Comienzo a caminar sobre el puente, lentamente, paso a paso, sin prisas, contemplando ese día perfecto.

De repente me doy cuenta que el puente va estrechándose. Me imagino que ocurre por alguna razón de ingeniería relacionada con distancia y peso. No sé. Creo que es normal. Continúo.

Una brisa fría comenzó a soplar y me encuentro atrapada en el medio del camino. Ya he recorrido la mitad. Me entra el miedo. El puente comienza a sacudirse para arriba y para abajo, de un lado a lado, con una violencia indescriptible. Me agarro más fuerte. Caigo de rodillas y empiezo a gatear como un bebé. Volteo la cabeza y veo que la estructura ha desaparecido. Estoy como en el medio de una película de horror. Sola. Es muy arriesgado quedarme allí, paralizada. Grito pidiendo ayuda pero nadie me escucha. La lluvia comienza a caer. Ahora estoy llorando. Mis lágrimas se confunden con las gotas de lluvia. Estoy toda mojada. Mis manos se resbalan. El pasamanos se ha desvanecido. Sólo queda una soga de la que me agarro.

O sigo, o muero.

No quiero que mi vida acabe. Yo amo la vida, me recuerdo.

Respiro profundo.

Ahora cuelgo de una cuerda cada vez más delgada.

Mis brazos son fuertes.

Puedo hacerlo. Quiero hacerlo.

Se siente como una eternidad. No era un momento para disfrutar sino para sobrevivir.

Detrás ya no quedaba nadie. Delante era sólo una gran incógnita.

Ya llegué al otro lado del puente. Sí se pudo.

EN UN PAIS IDEAL

Aquí, escuchando música de fondo, tranquila, me llega una onda de inspiración.

Si hubiera la posibilidad de que cada uno de nosotros aportara ideas para comenzar un país desde cero, desde la nada, ¿cuáles serían las mías?

Primero, la ubicación. Mi país estaría ubicado exactamente ahí, al norte de América del Sur. Protegido por bellas montañas, bañado con las aguas del mar Caribe y por innumerables ríos cristalinos, iluminado por la nieve de los picos de Los Andes, intrigado por la exuberante selva amazónica, pintado por las arenas del desierto. Tendría unos llanos donde la vista se perdería en la belleza de su flora y su fauna, sus amaneceres, sus atardeceres, su sol grandote y su luna acompañada de millones de estrellas. Como en aquel paraíso, todo lo humano estaría por diseñarse. La naturaleza habría cumplido con creces sus objetivos, muy por encima de cualquier expectativa.

Segundo, su gente. Gente alegre, trabajadora, amable, generosa, respetuosa y limpia. Gente con sed de sabiduría, curiosa. Gente buena, de todos los colores y de todas las edades. Una gran familia donde se festejara cada día agradeciendo tantas bendiciones. Donde la envidia, la corrupción, la avaricia no tuviera cabida.

Tercero: Las oportunidades. Los sueños de cada uno podrían ser realidad. Las oportunidades disponibles. El apoyo garantizado. Cada uno desarrollándose en lo que más le gustara hacer. Los holgazanes aprovechadores, parásitos de la sociedad, se sentirían fuera de lugar. Como reza el refrán: o corres, o te encaramas. Si no te adaptas, no cabes. Las puertas estarían abiertas para el que quiera emigrar.

Cuarto: El liderazgo. Escogería a los líderes con dos generaciones de antelación, para que se fueran preparando para cuando les llegase el momento. Esos líderes, siguiendo sus habilidades e intuiciones, serían enviados a prepararse a los países donde esas especialidades fuesen sus fuertes. Por ejemplo, los futurísticos Ministros de Agricultura y Cría irían a los Estados Unidos y a Brasil, los de Economía irían a China y a Alemania, los de Turismo a Reino Unido y a Turquía, los de Tecnología a Japón y Singapur, los de Salud a Luxemburgo y Suiza, para Educación, Finlandia y los Países Bajos y así, dos por cada especialidad para que pueda haber diferentes criterios. También tendrían equipos de mentores, gente con experiencia y sabiduría con quienes discutirían las nuevas ideas.

Quinto: La salud. Los servicios de salud, incluyendo odontología y visión estarían a disposición de toda la población. De esa manera no tendríamos esa preocupación y nos podríamos dedicar a lo nuestro. Las personas de la tercera, cuarta y quinta edad podrían pensionarse y disfrutar de los nietos, del fruto de lo que produjeron y contribuyeron durante sus años productivos sin sentir que reciben limosna. Derechos bien ganados.

Sexto: Las comunicaciones. Las telecomunicaciones serían facilitadas con los adelantos más actualizados y estarían a disposición de todos.

Séptimo: El medio ambiente. Aire limpio, sin contaminación. Aprenderíamos a usar los recursos que la naturaleza nos ofrece. Aprenderíamos a venerarla y a cuidarla como se merece.

Octavo: Otras naciones. Relaciones con otros países. Diplomacia de altura.

Y tantas otras cosas más.

Sería el mejor país, sería un ejemplo mundial.

Las ideas siguen manando de mi cabeza, pero los ojos ya se me van cerrando. Está llegando el final de este nuevo día.

¡Soñar no cuesta nada!

ENFRENTANDO REALIDADES

E ra la una de la mañana.

Gritos, golpes, sangre, lágrimas, llamadas al 911, sirenas de la policía, acusaciones, manos esposadas, vecinos curiosos, perros ladrando, niños llorando. La violencia alcanzó al perrito que se atravesó para evitar la brutalidad humana, sacrificando su propia vida.

Me parecía estar viviendo una de esas series policíacas de la televisión donde hay casos de violencia doméstica.

No. La televisión estaba apagada y yo viendo una película en vivo. Las actuaciones eran reales. El miedo y la ansiedad también.

Al final del acto, mucha tristeza, mucho dolor, mucho resentimiento.

Es la realidad de muchos.

ENTRE SUSPIROS

En la sala de maternidad se escuchó un grito. Un grito que más bien era como un suspiro en voz alta, un suspiro que salió de las entrañas para dar a luz a una hermosa criatura, creada entre suspiros, risas y lágrimas de amor.

Ya han pasado cuatro meses. Ahora el bebé suspira cuando duerme, suspira cuando tiene hambre, suspira entre gorgoritos que aprendió. Su madre suspira de cansancio, como si le faltase el aire después de un largo día. Al llegar el marido también suspira de alegría.

Tres años más tarde comienza la escuela. Suspira al dejar la casa apurada para llegar bien arreglada a compartir con sus compañeritos. Un niño llora porque se ha peleado con otro. La maestra lo calma, y entre suspiros comienza a mostrar una sonrisa de alivio.

Suspiramos con el primer amor, con el segundo y con el tercero. Suspiramos con cada hijo, con cada nieto. Crecen tan rápido…

Suspiramos con cada logro, con cada graduación, con cada paso del Camino.

Hay suspiros de alegrías y de despedidas, de esperanzas y de desengaños, de miedos, de triunfos y de fracasos. Suspiros que inspiran y suspiros que matan.

Suspiramos hasta nuestro último, agradecidos por haber vivido nuestras vidas que parecieran pasar en sólo un suspiro.

GUITARRAS

Regresando a casa…
Esta noche el sol está rebelde y no quiere irse a descansar. Pareciera que hubiera tenido un día muy agitado, y las nubes que lo rodean dan la sensación de rayos despeinados, cada cual por su lado. Fue un día de fiesta en las alturas.

…pero ya son casi las 8 y media de la noche y la luna espera su turno para salir.

No, aún no, pareciera decirle el sol. Ya tendrás más horas cuando cambie la estación. Por ahora, yo quiero disfrutar de mi verano.

Las nubes van apartándose, y poco a poco, como niño regañado, va cayendo el día en el horizonte, dando paso a otra noche estrellada.

Recuerdo las noches estrelladas en la playa, alrededor de las fogatas. La guitarra de Miguelito parecía tener vida propia. Cantábamos con esa inocencia juvenil, en un país donde éramos felices y no lo sabíamos. Donde todos nos queríamos, donde confiábamos en los demás, donde los sueños eran compartidos, donde parecía que no hubiera maldad.

Y como en las películas, un día apareció la envidia. Palo en mano destruyó todo a su paso, y ya no hubo más ingenuidad. La lujuria incontrolada arrasó, devastó, destrozó, arruinó y los recuerdos se convirtieron en cenizas.

Gris, triste, acabado…

Pasaron algunos años, y los despojos fueron absorbidos por la tierra generosa de ese país maravilloso. Y comenzó a brotar de nuevo la esperanza.

Nacía una nueva nación.

Y la gente volvió a cantar en la playa, alrededor de las fogatas, bajo las estrellas que parecían guiñar sus millones de ojos al son de la música.

HACE UNOS DÍAS

Era un día caluroso. Las palmeras estaban calmadas. El mar estaba tranquilo.

Yo caminaba en la orilla, dejando mis huellas detrás mientras las olas las borraban. Iban quedando lejos. Sabía que las había marcado. Cuando miraba hacia atrás la espuma del agua llenaba lo poquito que quedaba de ellas. Al ratico ya había desaparecido, esfumada en el aire.

Seguí hacia delante, paso a paso.

De pronto me encontré con una señora un poquito mayor que yo, sentada en una roca. Estaba llorando, estaba sola. Le pregunté si podía quedarme a su lado. Asintió con la cabeza. Me senté. Me quedé simplemente allí, callada, viendo hacia el mar, recordando mi propia vida cuando caminaba por la playa, apenas unos años atrás.

Al pasar unos minutos ella comenzó a hablar. Me contó que sentía como que cada día le pasaba sin ilusión. Sus hijos estaban en otro país. Ella entendía que ellos tenían un camino que recorrer, mientras para ella el suyo ya lo había recorrido. No tenía trabajo, ya nadie la contrataba a pesar de lo mucho que todavía podía compartir y contribuir. Era como si estuviese viendo letreros que decían que ya no servía para mucho, que ya no servía para nada. Estaba deprimida. La ilusión se le había escapado del alma. Estaba seca.

Los ojos se le llenaban de lágrimas mientras me contaba su historia.

La abracé.

Le pedí permiso para poder hablar, pero antes de comenzar miré una gaviota que pasaba volando, tranquila, disfrutando, planeando sin rumbo fijo. Me sirvió de ejemplo para comenzar.

Mírala, le dije.

Descríbemela, le sugerí.

Ella respiró profundo y comenzó. A veces pausaba, pero volvía.

Después le dije, ¿en qué se parece a ti?

Fue una pregunta que no esperaba. ¿Cómo iba a compararse ella con la gaviota?

Entonces le contesté: Somos como la gaviota. Nació, creció, aprendió a volar con sus padres, y luego hizo su propia vida. Aún sabe pescar. Ahora vuela sin prisas, aprovechando el día y la suave brisa que lo acaricia. Ahora ve la vida diferente, sin apuro. Nadie la espera. Ya no es presa de quienes quieren sus alas porque no ya no tienen el brillo de su juventud. Necesita poco y se conforma. Y de paso, es agradecida por lo que aprendió y porque aún puede volar y comer.

Nosotras, continué, somos como ella. Nacimos, crecimos, aprendimos, cumplimos y ahora nos toca volar, sin rumbo, con lo esencial. Ya no necesitamos mucho. Una sonrisa, un "te quiero", un "te extraño", nos hacen la vida un poquito más llevadera.

¿Somos útiles? ¿Cómo no?

Somos amigas, somos hermanas, somos amantes, somos gente. Estamos presentes cuando se nos necesita. Nuestro apoyo es incondicional y sincero. Ya no tenemos nada que perder. Ya no nos importan las críticas. Nos hemos aceptado. Y sí, es verdad: vivimos de nuestros recuerdos, de nuestro presente y aún tenemos un futuro. Y sí, es uno muy diferente al que nos imaginábamos unos años atrás, pero es el que tenemos.

Nuestro reto es reinventarnos. Hacer de nuestra nueva etapa nuestro nuevo paraíso, así como el cielo es el paraíso de la gaviota.

El sol estaba rabioso, quemaba, y decidí que era tiempo de volver.

Nos despedimos un poco más aliviadas. El hablar nos sirvió a las dos.

Ahora que llegué a la casa tuve que escribir sobre esto.

Me reinvento. Quiero ver mi pasado hermoso, tal como lo fue. Quiero ver mi presente como un reto que debo superar, y quiero ver mi futuro rodeada de mi familia, de mis hijos y mis nietos, de mis amigos, y quién quita si algún día pueda decir, rodeada también de alguien que me necesite y me quiera un montón también. Mientras, y sin pensar en ello, disfruto de mi vuelo en la tierra, con lo que tengo, con mi gata y mi perrita, con lo que soy.

HOJAS

Finalmente, después de este larguísimo invierno, pareciera que puedo salir a la superficie de mi tronco. Tengo la energía acumulada y las ganas de ver el mundo.

Atravieso la lámina que me ha cubierto y protegido por tantos meses, de igual manera que los pollitos salen de su cáscara. Voy apareciendo cada día un poquito más, hasta que estoy completamente afuera. Mi color, verde verduzco, ayuda en la decoración de las ramas de mi familia. Otros hermanitos van saliendo, cada quien diferente. Unos más largos, otros más anchos. Nos miramos y nos alegramos. Nuestro lenguaje es común. La lluvia nos baña, a veces suave, a veces con una innecesaria furia que nos hace agitarnos y levantar nuestras manitas pidiendo que pare, que se calme. No nos gusta cuando se agita de esa manera. Pareciera estar borracha y en su incontrolable rabia arranca los brazos de algunas hojas, que salen volando por el aire, dando vueltas, mareadas, hasta que caen destruidas.

Las que sobrevivimos esa racha, aceptamos las disculpas. Estamos tristes y cansadas.

Un día el sol decide salir finalmente y comienza a calentar nuestras superficies. Es agradable. Poco a poco me voy acostumbrando y me gusta.

Igual que con la lluvia, hay días que sale enojado de su casa y nos quema con su calor, con sus llamaradas irritadas. La lluvia se ha apartado por miedo a que la acabe. Incendios, de nuevo, destruyen todo a su paso, y algunos de mis primos terminan calcinados.

Pasan los meses, y mi imagen comienza a cambiar. Ya no tengo la suavidad de mi superficie y me empiezo a arrugar. Mis colores también van cambiando. De verdes, cambiamos a rojos, amarillos, marrones. Son nuestras canas. Aún bellas, nos vienen a ver de todas partes. El mosaico de colores es impresionante. Disfrutamos.

Nos anuncian un nuevo invierno. Tenemos frío y comenzamos a caer.

Algunas terminamos pisadas, otras arrastradas a pilas donde nos convertiremos en compost. ¿Y yo? A mí me recogió una niña, me plastificó y me convirtió en un marcador de libros. Soy su favorito. Duermo abrazada entre las hojas de papel escritas. Ellas también salieron de mi bosque.

Aún soy útil.

He encontrado una nueva forma de servir. Me contenta.

INTENSO, EL MOMENTO

Jueves, un jueves como todos los otros jueves.

No, no es cierto. Ningún jueves es igual a otro jueves, ningún día, ningún minuto... Nada es igual, nada puede repetirse ni replicarse exactamente de la misma manera. Todo cambia.

Eran las seis de la tarde. El sol aún estaba brillando en un cielo muy azul. Sin nubes.

Un túnel de cemento me condujo a otro mundo ajeno al mío. Cada paso que daba me llevaba al pasado que había visto tantas veces en las películas del oeste, a la historia de Pocahontas, a un mundo de fantasía real.

Los tambores comenzaron a replicar, cada vez más intensos. Caminé a su ritmo.

Llegué al centro de ceremonias.

Una oración en Navajo, lenguaje centenario, resonaba en el viento. Aunque no la entendía, la sentía muy profundo: Respeto por la vida manchada con el dolor de la historia, benevolencia a los antepasados, vivencia de las creencias mantenidas por tantas generaciones, culturas compartidas por tantas naciones indígenas.

Al rato, comenzó la danza. Vestidos típicos elaborados con detalles, adornados con plumas de diferentes tamaños y colores simbolizando jerarquías, cascabeles acompañando la música. La energía me envolvía.

En medio de toda la algarabía de la celebración, sentí que una mano me halaba y no pude resistir. Me dejé llevar al interior de una choza donde el humo de hierbas llenaba el ambiente. Olía parecido al incienso de las iglesias.

Me senté en el suelo, con las piernas cruzadas.

Un anciano me transmitía la sabiduría del tiempo, de los valores de su cultura, de la sencillez del paso por la tierra, de las ceremonias, de la gratitud por la lluvia y por la sequía, por el sol y por la lluvia, por la noche y por el día, por las estrellas, por los frutos y por las flores.

No sé cuánto tiempo pasó. Me imagino que algunas horas. Me tomó de la mano y me entregó una piedra mágica. La piedra era de un color azul turquesa intenso. Me pidió que siempre la llevara conmigo. La piedra tenía grabado el momento inmenso que había vivido. Al salir de la choza, el día estaba despertando.

Los tambores se habían callado.

Crucé el túnel y regresé a mi realidad.

La piedra azul es ahora parte de mi nueva realidad. Ahora tengo que trasmitir el legado que me fue otorgado, con mis palabras y con mi ejemplo. Entregaré la piedra cuando mi momento llegue.

LA ARAÑITA MORADA

Este día casi está llegando a su fin. Ha sido uno muy interesante, pero siento como si algo me estuviera faltando, como cuando uno va de viaje y se te ha olvidado el cepillo de dientes…Eso, sin embargo, tiene solución porque se sabe lo que falta, pero en este momento no tengo la menor idea de lo que es. Es así como cuando tienes en la punta de la lengua el nombre de alguien y no te sale, o estás contando algo y se te va el hilo de lo que estás diciendo…

…Entonces comienzo a recoger el hilo que se me había ido, lo empiezo a enrollar de nuevo y llego al punto donde recuerdo. A veces me regreso hasta el sitio donde creo que lo perdí. Antes de que se me pierda de nuevo, voy a escribir mi aventura de hoy.

Caminaba acompañada de mi siempre fiel sombra, que no me deja ni a sol, ni a sombra. De pronto, me resbalé y caí sobre ella. Mi sombra se desmoronó y poco a poco se fue hundiendo. Y yo, que no me puedo separar de ella, me dejé arrastrar. ¡Es que no tenía de qué agarrarme! Como si la tierra nos tragara, fuimos cayendo suavemente, flotando. A pesar de la incertidumbre me sentía calmada, en armonía con mi ambiente, en paz con el silencio, como en una especie de sueño.

No sé cuánto tiempo pasó, pero llegamos al fondo. Un cúmulo de hojas que parecían de algodón nos sirvió de colchón.

Se nos presentó el Comité de Recepción, precedido por una arañita morada, que tejía con sus manos afiladas mientras me hablaba. Su tela también era del mismo color morado, intenso, hermoso.

"Mi tela", me dijo, "está hecha de paciencia. No me canso. Me sale de dentro, de mis entrañas. Es fuerte como el acero, aunque la veas balancearse con la brisa. Es hermosa. Aprende de ella. Lo que construyas, si lo quieres de buena calidad, te llevará tiempo, constancia, visión y mucha dedicación. Te saldrá del alma. No te desesperes."

Después me indicó el camino entre el bosque, tejido de muchos colores, todos diferentes. Cada arañita lo había tejido de su propio color, a su propio estilo. Los árboles agradecidos con las decoraciones parecían sonreír a mi paso.

Llegué al final del camino.

Se abrió el espacio frente a mi casa. Abrí la puerta y me senté a escribir, antes que se me pierda el hilo de nuevo.

Mi sombra sigue conmigo, fiel. Encima de ella, un aura morada, del mismo color que el de la tela de araña, la cubre, como para recordarme…

LA CENICIENTA EN
EL PAÍS DE LAS MARAVILLAS
(Una historia verdadera)

Era 1987. Cayó en mis manos un libro que no pude pasar por alto. Escrito por Paulo Coehlo, El Peregrino - Diario de un Mago, que por alguna inexplicable razón me marcó. Al terminar de leerlo comenté que cuando cumpliera sesenta años, yo también haría mi Camino de Santiago.

Casi dos décadas pasaron. Cumplí la edad y me sentí como la cenicienta. Si no emprendía la aventura de mi vida, la magia desaparecería.

Llené la mochila con lo que pensé eran cosas esenciales que necesitaría en mi travesía y volé a Lisboa. Casi a ciegas, sin entrenar y sin haber hecho mi tarea de tener todos los cabos atados, llegué a mi punto de partida.

En la catedral me entregaron un mapa y una lista de hospedajes para peregrinos. Confiando en la información recibida comencé a caminar. Un paso tras otro, sin prisas. La gente me gritaba "¡Buen Camino!".

Llovía. Mi carga se volvía cada vez más pesada. Comenzaba a decirme que no necesitaba tanto. Me deshice de mi secador de pelo (vanidad femenina) y no volví a pensar en él. Mis zapatos de goma pronto tuvieron un hueco en la suela. Evidentemente no eran los más apropiados.

Los hospedajes señalados en el folleto no reflejaban la realidad. Algunos ya no existían, por lo que los planes iniciales de caminar cierta distancia por día tuvieron que adaptarse a otra realidad poco clara.

Así fueron pasando los días y las noches, cada uno con retos inesperados, con sorpresas (la mayoría agradables), con decisiones, pero sobre todo, con el redescubrimiento de la bondad humana.

Al final entendí por qué la vida me había preparado para la travesía, sin saberlo. Aprendí a viajar liviana, sin el peso de las angustias. Aprendí a disfrutar mi presente, mi momento. Aprendí a apreciar la sencillez, la humildad y la grandeza de mi vida, a aceptar los cambios, a ser agradecida por tanto.

LA CUCARACHA Y LA MARIPOSA

El solo nombrar estos dos insectos me provoca diferentes sensaciones, diametralmente opuestas. La primera, la cucaracha, por más que trato de aceptarla como parte misma del equilibrio natural de nuestros ambientes, me produce cierta repugnancia. La pobre no escogió ser lo que es, no tiene la culpa, pero hasta las gallinas las atacan cuando pueden para completar su deliciosa comida del día. Es que ni huele mal y no sé ni por qué le decimos fea. Algunas de ellas hasta se atreven a volar. Se esconde apenas se ve amenazada por el insecticida, y al entrar en contacto con él terminará en un estado de inconsciencia permanente con sus patitas mirando al cielo. También se espanta cuando nos ve, gigantes, avanzando con la escoba en la mano o simplemente esperando ser aplastadas por la suela del zapato. Su prima, la chiripa, corre una suerte similar.

La segunda, la mariposa, generalmente hermosa con sus alas de colores brillantes y variados, aparece cuando llega la primavera como portadora de un mensaje de esperanza. Se posa en cada flor como si llevara una lupa en sus patitas. La inspecciona y la saborea. Se

alimenta en silencio. Vuela graciosa, liviana. Cae presa
también de algunas aves que la atrapan sin avisar. Con
paciencia y sin protestar, se ha tomado su tiempo para
madurar y poder salir triunfante de su crisálida. Algunas
más aventureras que otras, o más atléticas, viajan largas
distancias, en grupos o en solitario, para honrar su
genética milenaria.

Entre nosotros, los humanos, también hay quienes
parecen cucarachas y otros que parecen mariposas.
La diferencia radica en que nosotros podemos elegir.
Podemos ser oscuros, asquerosos y odiados, malolientes
y malhablados; también podemos ser portadores de luz,
de esperanza, y llenar el ambiente de todos los colores.

Tanto la cucaracha como la mariposa tienen una
expectativa de vida similar: un año, las cuatro estaciones.
Nosotros también vivimos nuestras cuatro estaciones,
las etapas de nuestras vidas, desde que nacemos y crec-
emos, nos reproducimos, vivimos y morimos como
rezan los libros de biología. Tenemos alas invisibles, y
cada aleteo nos llevará o nos estancará. Volaremos o
caminaremos arrastrados.

No dejemos que otros nos corten las alas, y nunca
nos sintamos como cucaracha en baile de gallina
porque, en realidad, no somos cucarachas.

LA DENTADURA

Salgo temprano, como todas las mañanas, a hacer mi caminata regular. Aún puedo ver el reflejo de la luna que no quiere irse a la cama, prefiere seguir parrandeando entre las estrellas que se van desvaneciendo en el firmamento. La caminata mañanera es una rutina agradable, es un buen comienzo del día, es agradecer por uno más. Una de las pocas rutinas que sigo.

Linterna en mano, y acompañada por mi perrita, salimos bien abrigadas. Voy alumbrando el sendero y se va iluminando a mi paso, como si tuviera diamantes que se prendieran dándome los buenos días. Es mágico. Los únicos sonidos que se escuchan son nuestros pasos sobre las hojas secas que van quedando después del otoño, cubiertas hoy día por parches de nieve y hielo. Crujientes, consistentes.

De pronto volteo y no veo a la perrita, pero la escucho entre los matorrales. La llamo. Aparece como una loquita, corriendo, con una sonrisa en su boca. Una sonrisa con dientes, uno de ellos como de oro. ¿Con dientes?

No estoy segura si todavía estoy medio dormida o estoy viendo algo real.

Mía mueve su colita como queriéndome decir que celebre su descubrimiento. Le digo que lo suelte y lo regojo con una servilleta que llevo en el bolsillo. Lo guardo porque no tengo mucha luz, y aún no estoy muy segura...

El autobús escolar pasa a la misma hora todos los días frente a la casa. Me indica que es hora de regresar. Ahora ya no llevo reloj, sino que me guío por mis instintos y mis ciclos naturales.

Damos media vuelta y enfilamos hacia nuestro nido.

Al llegar me recuerdo que tengo algo en el bolsillo. Aún puede esperar. Primero quiero tomarme mi cafecito con leche, con calma, disfrutando del momento. Esa es otra de las rutinas que me encanta seguir.

Saco la servilleta y ¿qué es? Una dentadura postiza. Pareciera ser como esas del siglo pasado que ahora se consideran una antigüedad. La limpio bien.

Me trae recuerdos de un día en que desayunaba en casa de un amigo quien, en un descuido, deja su dentadura a un lado de la mesa. Al rato entró una de sus nietas a saludarlo, y de repente la veo como paralizada, observando los dientes de su abuelo sin saber qué decir. Lo mira y ve que su boca aún tiene los dientes del frente. Él la mira, aún sin darse cuenta de lo que está pasando, y yo, aguantando la risa. Ojalá hubiese tenido una cámara en ese momento tan especial.

Al cabo de un rato, el abuelo le explica que, como no

se cuidaba los dientes, se los tuvieron que sacar.

Como flecha veloz, la niña sale corriendo a casa de su mamá, agarra su cepillo y se cepilla los suyos. Una rutina que nunca olvidará. ¡Así habrá sido la impresión del momento!

Ya no quiero perder más tiempo observando el nuevo tesoro de mi perrita. Decido guardarlo, bien limpio y bien protegido. A lo mejor en el futuro tendrá algún valor.

LA ESCUELA DE PAYASOS

Hace mucho tiempo los países estaban distribuidos de acuerdo con sus riquezas. Y no, no a las riquezas de dinero o de recursos naturales, sino riquezas de valores y de personalidades. Estaban los países con gente muy trabajadora, los países con gente floja, aquellos con gente soñadora, otros con gente amable, otros con gente triste, o con gente alegre. Era un rompecabezas mundial muy interesante, donde las piezas cuadraban solo de una sola manera. Por ejemplo, si una persona era muy aventurera nunca hubiera cuadrado en el país donde todos se habían acostumbrado a una sola manera de vivir.

Así pasaron los años, pero como todos los países estaban formados por seres humanos, la envidia y la curiosidad comenzaron a carcomer las entrañas de muchos. Las guerras por el poder comenzaron porque cada uno creía que su país era el mejor. No sólo tenían que protegerlo, sino que también tenían que extenderlo.

Todo se mezcló. No todo fue malo. Se encontró un nuevo equilibrio mundial donde todos aprendieron de los demás. Había momentos de alegría y momentos de tristeza, momentos de trabajo y de descanso. Había música y había silencio.

Difícil para algunos, comenzó la migración hacia otras tierras donde las piezas se ajustaban mejor.

Un país, sin embargo, quedó en su forma original y ese era el país de los payasos. El arte de hacer reír a quienes se les había olvidado. Era un país mágico donde las enfermedades se curaban, donde las heridas sanaban, donde los dolores desaparecían. En ese país existía la Escuela de Payasos, donde se estudiaba entre otras materias, la fibra humana, la sonrisa y la pena.

Algunos payasos, sin embargo, no lograron graduarse y fueron expulsados. Fueron aquellos que se reían de los demás, los que se burlaban. Se agruparon entonces en el Sindicato de Payasos Despreciables, y todos ellos viajaron a un lugar donde, tratando se hacerse los graciosos terminaron destruyendo el alma de ese país bueno.

Las caretas cayeron cuando ya no tenían público que los aplaudiera. Se fueron encogiendo y derritiendo poco a poco hasta que desaparecieron del mapa para siempre.

LA HISTORIA DETRÁS DE LA PORTADA

Regresaba a casa en el último ferry de la noche. Cansada.

Un señor se acercó a hablarme.

Me preguntó de dónde era mi acento. Una típica pregunta que continúa apenas abro la boca, y que me ha abierto muchas puertas. Le contesté que era de Venezuela.

Me dijo que sus vecinos de Baltimore eran también de allí.

Como si conociera a toda la gente de allí le pregunté por sus nombres y me dijo que era la familia del Dr. Miguel Schon. Para confirmar mis sospechas le dije si María Luisa, mi gran amiga de primer grado y de quien no supe más después que se mudaran a los Estados Unidos en 1962, era hija del doctor. Me dijo que no estaba seguro, pero que sí había una mujer llamada María en esa familia.

Le pedí que se llevara mis datos.

Pasaron semanas antes de recibir una llamada de… ¡María Luisa!

Nos reencontramos.

Hoy, nos volvimos a unir en este proyecto. Uno de sus cuadros adorna este libro.

Es reflejo de una amistad que estuvo dormida y que ahora vive a través de la distancia.

LA LOTERÍA

Hace unas semanas compré la lotería. Fui a la tienda y pregunté qué tenía que hacer. No tenía la menor idea. De allí salí con tres billetes y con la ilusión de ganar algo. Y mi cabeza comenzó a imaginarse de todo.

Esa misma noche se jugaba. Unas bolitas marcadas con diferentes números comenzaron a dar vueltas en una máquina que soplaba aire. Se veía cómo jugaban a través de las paredes transparentes. Mientras tanto, el presentador anunciaba el comienzo del proceso.

De repente se fue la luz. Al principio pensé que había sido solamente en mi casa. Me equivoqué. Se había cortado la luz a nivel nacional. Todo quedó a oscuras. Tambores lejanos anunciaban algo. Mía, la perrita, los acompañó con aullidos parecidos a los de los lobos. Lady Gata, engrinchada, no sabía dónde esconderse.

De pronto, vientos huracanados atravesaban las alturas cargados de bolitas de colores que fueron soltando aquí y allá, por todas partes, como papelillos de carnaval.

A la mañana siguiente llegó el anuncio, claro y simple: "Salgan y recojan una bolita por persona".

Habían caído suficientes para todos los habitantes.

Sin embargo, los avaros, desobedeciendo las órdenes, llenaban sus bolsas con las bolitas dejando a otros sin ellas. Esas bolitas se les convirtieron en anclas y quedaron al descubierto del resto de la población, ya que no podían moverse. Todos expuestos a la luz pública. Los que sintieron remordimiento y vergüenza fueron poco a poco pidiendo perdón en público. Los que no, se fueron hundiendo con el peso de las anclas hasta que desaparecieron del planeta.

Los que consiguieron su bolita ganadora celebraban con alegría. Las bolitas, en lugar de números, tenían un mensaje muy especial. Habíamos ganado la lotería. Todos habíamos ganado el precioso regalo de nuestra vida y una nueva oportunidad para disfrutarla.

LA MUÑECA FEA

Fue en un mes de diciembre cuando todo sucedió. Trabajaba junto con Leo y con Oswaldo en una juguetería muy famosa. Los días se nos pasaban volando, la tienda estaba siempre llena de padres, de abuelos y de niños que vivían una ilusión temporal. La juguetería había creado un espacio parecido a un parque donde había una muestra de cada uno de los artículos que allí se vendían. De música de fondo sonaba el CriCri, y una de sus canciones, "La muñeca fea", se escuchaba. Me la sabía de memoria. En mi casa la cantábamos con frecuencia.

Un día llegó mercancía nueva. Clasificarla, ubicarla y familiarizarnos con ella fue la tarea principal del día.

José Ignacio, quien era el gerente en esos momentos, era eficiente y generoso. Al abrir la caja de muñecas nuevas desechó una que venía rota. La tiró en un rincón. Entre cajas y papeles no la volvimos a ver.

Cuando limpiamos el lugar nos dimos cuenta de que había desaparecido. La muñeca se había escapado de la tienda. A nadie le importó, pero a mí sí. Para mí, esos seres son creados para ser el alma que acompaña a los niños, para ser sus amigos con corazón invisible.

Emprendí la tarea de buscarla. Dedicaba parte de mi día a caminar de aquí para allá sin ningún resultado. No podía dormir en paz pensando en la pobre muñeca. ¿Estaría pasando frio? ¿Se estaría mojando con las lluvias decembrinas?

Pasaron los días y llegó enero, mes de mi cumpleaños.

Mi vecina tocó a la puerta. Traía un trapo en sus manos y me lo dio.

Cuál sería mi sorpresa al ver que no era un trapo, sino la muñeca que se había escapado de la tienda. La abracé. Fue mi mejor regalo de ese año.

La llevé al baño. La desvestí, y con agua tibia la bañé. Su carita era de porcelana con sus ojos y boquita pintados a mano. Al limpiarla pude ver lo hermosa que era. Le cambié su vestido. Le reparé un bracito que traía roto. Me di cuenta de que era una muñeca de colección. La peiné y la acurruqué. La puse a dormir. Necesitaba descansar.

Al día siguiente, cuando mi hija se despertó, le llevé su nueva muñeca, la sobreviviente.

No sé si ocurrió de verdad o si fue sólo mi imaginación, pero al tenerla mi hija en sus brazos, la muñequita me sonrió. Había llegado a su hogar.

Han pasado varias décadas desde esos acontecimientos y muchas cosas han cambiado.

La muñeca, sin embargo, lo único que ha cambiado es de vestidos. Mi hija la ha guardado como su mejor tesoro y ahora la comparte con sus propias hijas. Pasará de generación en generación mi pobre muñeca fea que se escapó de la tienda un día y que hoy es la más hermosa, especial y la más querida de todas las muñecas del mundo.

LA NIÑA DE LA TERCERA EDAD

Llegó la primavera. O al menos, eso dice el calendario. Sí, es verdad, pero está llegando perezosa después de un largo invierno. Le gustó dormir. Apenas si se está estirando, sacudiéndose las ramitas que no terminaron de caer para que puedan brotar las nuevas.

Mía, mi perrita, y Lady Gata se parecen a la primavera. En las mañanas les cuesta levantarse, se estiran, se sacuden y me miran con aquellas caritas como diciéndome "Déjame dormir un ratito más." Son como adolescentes que nunca descansan lo suficiente.

Por el contrario, yo quiero disfrutar de cada amanecer, de cada momento, de cada respiro. Quiero salir y dejar que la lluvia me moje la cara. Quiero respirar ese olor a hierba mojada. Y más tarde, cuando salga el tímido sol, invitarlo a acariciarme con sus rayos.

Ya pasó otro día. Cada vez más rápido, como si llevase prisa.

Ya estamos a mediados del mes que acaba de empezar.

Echo para atrás las agujas de mi reloj, pero el tiempo no se devuelve.

Ya queda menos…

Quiero vivirlo, quiero exprimirlo, quiero sacarle lo mejor.

Soy la niña pequeña de la tercera etapa de mi vida. La llegada de los nietos, las canas y las arrugas me lo recuerdan. Privilegiada por tanto, y contenta con tan poco.

La luna llena se asoma detrás de las nubes anunciando que pronto me puedo ir a dormir.

Me pongo el pijama, me cepillo los dientes y pongo mi cabeza en la almohada con quien compartiré mis sueños.

LA PIEZA QUE FALTABA

Existía en un lejano país una zona muy especial, con montañas mágicas, con un río que cantaba a su paso por las rocas como si las acariciara con su voz, con pajaritos jugando en el aire, con árboles cargados de historias. En medio de ese país, había una granja hermosa donde vivía Opa, un granjero solitario. El granjero, un hombre de gran corazón y generoso hasta el extremo, había hecho de su lugar una especie de paraíso. Sin embargo el granjero no era feliz. Parecía como si caminara con una nube gris sobre su cabeza, que lo cubría de una sombra en forma de telaraña, que dejaba pasar tímida los rayos del sol.

Un día, una de sus nietas, una niña linda con el pelo con rubios rizos naturales, a quien le gustaban mucho armar rompecabezas, le trajo un regalo al abuelo. Era un rompecabezas especialmente hecho para él. Lo pusieron sobre una gran mesa de madera y comenzaron a armarlo juntos. Varias semanas pasaron hasta que, casi terminándolo, se dieron cuenta de que faltaba una pieza muy importante. De pronto, Opa se dio cuenta de que el rompecabezas era su propia granja, con todo lo que había en ella: los tractores, las flores, los gatos. Hasta su propia imagen con la nube que lo acompañaba. Buscaron la pieza por todas partes, en la caja, debajo de los muebles, en los sitios menos esperados, pero la pieza no aparecía.

Mientras tanto, en un pueblo cercano, una maestra jubilada había abierto una tienda de rompecabezas. La maestra era una mujer inteligente y cariñosa, a quien le gustaban muchas cosas: los animales, la naturaleza, cantar y cocinar. En su tienda siempre tenía bizcochos hechos por ella, lo que atraía a los niños del lugar. Ella había preparado una mesa donde podían armar rompecabezas. Una caja especial contenía piezas sueltas perdidas, que buscaban acomodo. Ella cantaba, era feliz en su propio mundo.

Opa y su nieta fueron de compras y pasaron delante de la tienda. La curiosidad hizo que entraran a preguntar por la pieza faltante del rompecabezas que tenían en casa. La mujer les señaló la caja de piezas perdidas, y como cosa extraña, una pieza saltarina se posó en la mano del granjero. Sorprendido, se la llevó a casa. La pieza, con la cara de una mujer que le resultó familiar, encajaba perfectamente. Había terminado de armar el rompecabezas.

Celebró con la nieta.

De repente se dieron cuenta de que el rompecabezas cobraba vida: los personajes hablaban, los pájaros volaban, el río pasaba juguetón. La cara de la mujer era la cara de la dueña de la tienda. Sin pensarlo y con la pieza en mano, se fueron hasta allá, y al compararla, la maestra sonrió. Era ella, la que faltaba. Opa la tomó de la mano, y sin decir palabra, la llevó a su nuevo hogar. La nube desapareció, y los colores grises y oscuros se iluminaron como por arte de magia.

LA SOMBRA VOLADORA

Pasó una sombra volando. La vi por casualidad. Ya no estoy tan segura.

Han pasado varios días y no la he vuelto a ver, así que pensé que sólo había sido mi imaginación.

Pero la semana pasada volvió a ocurrir.

Esta vez ya no tuve duda. Aunque no la pude ver, sentí sus pasos mientras entraba entre las tupidas hojas del camino. Quise seguirla. Ya había desaparecido de nuevo.

El lugar del encuentro con la sombra era el mismo.

Decidí entonces traer comida todos los días. La comida desaparecía.

Podía tratarse de cualquier cosa, desde un ave hasta un reptil.

Ayer, al regresar de haber dejado un plato con alimento para animales, la sombra me siguió, sigilosa, precavida, tímida. Sentía sus pasos. Me volteé con cuidado.

Una gata agradecida maullaba. Cada vez que yo paraba, ella también lo hacía, hasta que llegamos a la casa. Le abrí la puerta y entró, como si siempre hubiese vivido allí. A lo mejor en su otra vida... Su memoria genética la había devuelto a su hogar.

Ya tiene nombre. Se llama Sombra. Entra y sale a su gusto. Salta como si tuviera alas.

Se ha convertido en mi Sombra voladora.

¿Será un ángel disfrazado de gata que me protege?

LÁGRIMAS PLÁSTICAS

De pronto me sentí incómoda y no me explicaba la razón. Algo en el aire parecía no estar claro. Se sentía pesado, cargado, contaminado. Como no sabía lo que estaba pasando lo único que me quedaba era seguir adelante...

Me encontré entonces con una señora de apariencia humilde. Me paró en la calle. Necesitaba hablar conmigo. Aunque de nada nos conocíamos, y por su apariencia devastadora, la invité a tomarse un cafecito en la esquina. Nos sentamos y comenzó a contarme su historia.

Yo pensé que se estaba desahogando, que había encontrado a alguien que la escuchara. Para mí fue una oportunidad más de servir a otros con menos chances y suerte que yo...aunque esa palabra tiene un significado diferente. La suerte es la actitud ante las oportunidades.

Las historias de cómo había sido víctima de todo seguían brotando de sus labios como si fuera una obra de teatro estudiada de memoria. La obra, en este caso, era un monólogo que no terminaba.

Otra taza de café...esta vez acompañado de un croissant.

Me pidió dinero para poder darle de comer a su familia.

De pronto, y mientras buscaba en mi cartera algo de efectivo, comenzó a llorar con tanto sentimiento que parecía real.

Las lágrimas comenzaron a brotar. Para mi sorpresa, esas lágrimas, al caer sobre la mesa, comenzaron a sonar al contacto con la madera. Tac, tac, tac. Eran lágrimas plásticas, de todos los tamaños. Eran lágrimas aprendidas.

Lágrimas que me protegieron del engaño.

Entendí entonces que no siempre se puede creer en las apariencias.

Al salir de la cafetería, y después de algunos momentos que preferiría no repetir, encontré un carro de policía. Me escucharon. Mis lágrimas de impotencia eran reales.

El agente siguió a la estafadora.

Se la llevó esposada.

LAS AVENTURAS
DE MÍA Y DE LADY GATA

No hay día que pase sin que la Mía y su compañera inseparable no inventen algo.

Y no son sus intenciones, pero sí sus naturalezas curiosas.

La gata, parada frente a la puerta, la golpea pidiéndome que se la abra. Se la abro. La mira con desdén. No se decide y la vuelvo a cerrar. Todavía hace frío.

No pasan ni cinco minutos y vuelve con el mismo cuento. Quiere salir, y no quiere salir.

Así pasamos un buen rato, hasta que la saco. Con ella se va Mía. Parecen la pareja dispareja. Se entienden a su manera. Van aprendiendo la una de la otra.

La gata se cree perra y la perra no quiere quedarse atrás. Come las migajas que la gata, ocasionalmente, le lanza desde su podio. La gata se come las de la perra.

Hoy decidí seguirlas, de lejos.

De pronto se paralizan. Mía tiembla en su sitio, pero la imita y trata de no moverse. Lady Gata ha visto algo que la otra aún no ha visto. Es un conejo del mismo color de la tierra, marrón, que come tranquilo como si nada estuviese pasando.

Las dos salen corriendo detrás de él, y yo, detrás de los tres.

Nos adentramos en el monte. Pareciera que el conejo nos estuviese llevando a algún sitio secreto.

Pasamos entre las ramas de los árboles secos por el invierno, saltamos sobre las hojas secas y esquivamos algunas rocas que se nos atraviesan. Seguimos por el bosque, sin mirar atrás y sin pensarlo mucho, como en aquellos cuentos de cuando éramos niños.

De pronto llegamos a una explanada preciosa. Las flores han comenzado a brotar después de este largo invierno que parece nunca acabar. Es un buen augurio, un buen aviso.

El conejo se despide, o quizás es que ya estamos muy cansadas para seguirlo.

Yo me siento en la grama y veo como los rayos tímidos del sol se van filtrando entre los árboles. Me recuerda cuando estaba en el Camino, en España, llegando a Santiago. Pareciera decir algo, pareciera abrir la primavera, la esperanza después de tanto esperar. Es la luz al final, la que nunca falla, la que siempre llega.

Y vuelvo a confiar.

Todo cambia.

Regresamos a casa. Yo, cantando, un poco más ligera. La vida me sigue enseñando.

Ya es de noche. Aún con calefacción, calentitas, nos vamos a la cama.

Mañana será mejor que hoy. Eso sí, espero que no me pidan que les abra la puerta a las seis de la mañana otra vez. ¡Un poquito más tarde, mejor!

LAS GOTAS DE LLUVIA

Llovía sin parar. Daba la impresión como si nunca fuese a parar.

Era como un concierto compuesto en el cielo, una melodía con muchas variaciones: altos y bajos, allegros y adagios, en fin, un poquito de todo.

Por momentos el viento acompañaba a la música agitando las ramas de los árboles que azotaban la tierra cuando caían, sin compasión, como látigos de la naturaleza.

Relámpagos alumbraban, rayos caían y truenos atormentaban a todos los presentes, especialmente a los niños y a los animales que no encontraban escondite seguro.

Era una noche oscura, la última del año, con luna nueva. Me imagino que estaría maquillándose para aparecer fresca y sonriente en unas cuantas noches.

El siguiente día llegó. La lluvia también siguió cayendo.

Las ventanas de la casa, usualmente transparentes y limpias, estaban ahora decoradas con gotas de agua que formaban mosaicos vivientes. Las veía hipnotizada, cayendo a lo largo del vidrio que nos separaba. Una gota pequeña esperaba su turno para deslizarse. Contemplaba sus alrededores, mas no se atrevía a tomar la decisión de lanzarse por ese tobogán resbaloso. Parecía estar pensando si debía asociarse a otra gota, y abrazadas caer juntas. Entonces llamó a otra gota. Las dos gotas pasaron un buen rato discutiendo lo que más les convenía hacer. Una quería formar equipo, la otra prefería seguir independiente. No se podían poner de acuerdo.

El sol salió de pronto, inesperadamente.

Las gotas se secaron.

Un paño terminó entonces con sus indecisiones.

Rayos dibujaban rayas torcidas a su paso.

LAS MINAS

Recuerdo cuando mi padre se levantaba de madrugada para ir a trabajar. Mi madre le preparaba una bolsa con comida. Al salir de casa, ella encendía una vela. La oía rezando, esperanzada de ver a su marido en la noche.

Volví a cerrar los ojos. El tiempo pasó demasiado rápido y llegó el momento de levantarme para ir a la escuela. Igual que a mi padre, mi madre había preparado mi almuerzo, esta vez tortilla de patatas y un pedacito de chocolate.

En la escuela nos pidieron que hablásemos de las profesiones de nuestros padres y que hiciésemos unos dibujos representativos. Yo pinté a mi padre regresando a casa, todo sucio, y a mi madre esperándolo con cara de alivio.

Así pasaban nuestros días, hasta que un día, sin previo aviso, mi padre vino a mi cama. Tosía. No se veía bien. Era aún de madrugada.

Me dijo: Hijo, sé que aun eres pequeño y que tienes el mundo por delante, pero me he enfermado y tienes que venir a trabajar conmigo. Yo no estaré por mucho más tiempo en esta tierra y tu madre y tus hermanos te necesitan.

Así que me vestí. Ese día mi madre ya tenía preparadas dos bolsas de comida. Me imagino que habrá encendido dos velas también.

Camine con la cabeza baja, pensando en mi escuela.

Un casco que me quedaba grande, una linterna para alumbrar el camino entre las tinieblas, un pico muy pesado…Había comenzado el futuro que no quería.

Yo soñaba con ser ingeniero…

Mi padre falleció, y la mina, meses más tarde, fue cerrada porque no cumplía con los mínimos requisitos de seguridad.

Mi madre se puso a trabajar de modista y yo pude volveré a la escuela. Me dedique como ninguno. Al haber estado fuera, trabajando, la había aprendido a valorar. Mis calificaciones, excelentes.

El director me llamo a su oficina. Una beca anual se otorgaba al mejor alumno para seguir estudios superiores. Ese año me la gané.

Me gradué de ingeniero como lo había soñado de niño, y todo eso gracias a la vida que me había tocado vivir con mi padre, con mi madre, con el trabajo en las minas, con los sacrificios.

Recordé el dicho: "No hay mal que por bien no venga" y lo corroboré.

LAS RATAS GORDAS DE BOTERO

Hace muchos años existía una ciudad hermosa, limpia, agradable. Estaba en un valle rodeado de unas montañas verdes. Con el tiempo las montañas se fueron cubriendo de sobreviviendas de gente pobre. Las llamo así porque sólo se puede sobrevivir en ellas. Están hechas de latón y generalmente son compartidas por familias numerosas que se acomodan como pueden. De una de esas casitas bajo todas las madrugadas, con precaución y con mucha prisa, por unas escaleras oscuras, estrechas, sin barandas, unas más altas que otras y llenas de baches. Me he doblado el pie en más de una ocasión, pero ya aprendí a vendármelo después de masajearlo con Bengay. Aún le queda un poquito al tubo que conseguí hace unos meses. Era el último que quedaba en los anaqueles de una farmacia popular, otrora llena de medicamentos.

La basura se acumula a los lados de las escaleras y las ratas gordas y deformes de tanto comer se dan banquete entre porquerías y hasta excrementos. Me recuerdan a las pinturas de Botero. Ya ni se inmutan cuando paso. Ellas controlan el lugar.

Llego abajo. Corro a hacer la cola con la esperanza de recibir uno de los números que reparten cada día. Esa será mi única opción para comprar en el mercado controlado.

Llueve. Miro mi reloj de plástico. Son las cuatro de la mañana y sigue oscuro.

A las siete me entregan el número 137. Estoy de suerte. Encontré aceite, arroz y harina para las arepas. Sólo me permiten llevarme un paquete pequeño de cada cosa. Me marcan el brazo con números. Ya no podré comprar hasta dentro de un mes.

De allí salí empapada. Corro hacia mi trabajo protegiendo mi bolsita con comida como si fuera un tesoro. No quiero que me la roben.

Mi oficina queda en el centro. Allí sólo contratan si tienes el carnet de la patria. Yo sólo pienso en nuestra sobrevivencia. Visto de rojo y espero en una sala. Las paredes están decoradas con fotos de los líderes del régimen. Los que estamos aquí iremos a algún acto oficial como apoyo, a aplaudir, a pretender que todo está bien, a dar la cara, o mejor dicho, a poner la mejor máscara.

Ya está oscuro de nuevo. Son las nueve de la noche y me queda regresar a casa.

Comienzo a subir esos malditos escalones de nuevo, uno por uno. Ahora voy más lento. Como está oscuro no veo las ratas madrugadoras. Lo que sí veo es gente vendiendo droga. Un tiroteo entre pandillas deja varios heridos y uno de ellos cae a mis pies. Ya ni me molesto en ayudarlo. Los años me han desensibilizado. No es mi problema.

Me falta poco para llegar.

Tres, dos, y ahora el último, otro maldito escalón.

Llegué. Volví. Respiro.

Caigo extenuada y sueño. Sueño con mi bello país, ése que hace sólo algunos años era tan diferente. Sueño con volverlo a ver.

LAS SOMBRAS DE LOS RECUERDOS

Mis recuerdos ya no son tan nítidos. Se ven borrosos como si las cenizas del tiempo los enturbiaran. Los años no han pasado en vano.

Mi vida ha estado enriquecida por todos los ángeles individuales que me han cuidado en mis locuras y que me siguen llevando de la mano para que no caiga ahora que mi cuerpo no quiere contribuir como ayer, cuando contaba con la energía juvenil que no veía límites.

Mi vida ha estado adornada con los pétalos de las flores que la embellecían y con las espinas de las rosas que marcaban los desaciertos dejando cicatrices invisibles a la vista, pero visibles al tacto.

Mi mente me sigue empujando a seguir adelante, en esta carrera que dura poco, mucho menos de lo que esperaba.

En mis sueños, sin embargo, aún veo todo con claridad. Aparecen mis seres queridos y a los que les debo, imágenes de ciclos inconclusos que pretenden revivir, voces de aliento y de reclamo, miradas cautelosas y otras francas, manos extendidas y algunas escondidas.

No, no te quito nada. No lo necesito. No me lo llevaría.

Sigo, aún con paso firme, aunque el velo de la bruma pretenda borrar el resto de mi camino.

No sé cuál es mi destino, pero sí que estoy en mi recorrido.

Inconcluso, por ahora. No llevo prisa.

LAS TAREAS INCONCLUSAS

¡Ay! Se me olvidó terminar lo que estaba haciendo. A veces es porque me distraigo con otras cosas, otras veces porque realmente no estoy interesada o no le doy mayor importancia.

Hoy me puse a pensar justamente en ello, y pensé en todas aquellas tareas, proyectos, e incluso relaciones que parecieran no haber cerrado su propio ciclo.

Un ejemplo, de tantos en mi vida, es dejar de leer un libro porque no me gusta. Haber pensado en ello tiempo atrás me hubiera causado un gran malestar, y probablemente lo hubiera terminado de leer. Hoy, sin embargo, ya no siento culpa cuando lo hago, ya no espero a que mejore con el pasar de las páginas.

¿Y con las películas? La última que vi en el cine estuvo bien aburrida. Aguanté despierta hasta el final. Casi una hazaña para mí.

Con las tareas del colegio no me pasaba porque mis padres se ocupaban de que las hubiera terminado, pero cuando me preparaba para los exámenes en la universidad siempre lo dejaba para el último momento.

Y cuando he querido decir algo y he callado…

Con lo que más me angustio es con haber dejado a mis amores. A veces hasta me da remordimiento y trato de volver atrás, tratando de convencerme que he dejado algo olvidado. Y resulta que no, no he olvidado nada, simplemente ese ciclo, que parece inconcluso, tuvo que terminar así.

La lección finalizó, y de ella, hubo mucho que aprender.

…y la vida continúa.

LOS CONEJOS

Había una vez un rey que se pasaba la vida hablando tonterías. Su reino se había convertido en un basurero donde los zamuros competían con la gente por un pedacito de comida para poder sobrevivir.

Ese rey estaba rodeado por una corte ciega que lo adulaba y le celebraba todas las barbaridades por miedo a que ellos también perdieran sus privilegios y tuvieran que competir con las demás personas y con los zamuros.

Un día alguien le insinuó al soberano que la plebe se contentaría si no tuvieran que ir tanto al basurero. Entonces, se le ocurrió una idea brillante: dotaría a todas las familias con un par de conejos que se reproducirían como los panes. La gente aprendería a comerse esos roedores.

Su campaña comenzó, y de nuevo, sus súbditos rojitos lo volvieron a aplaudir.

La gente recibió a los animales con la ilusión de calmar su hambre. Los animales se escaparon y se comieron las pocas cosechas que quedaban. También se reprodujeron y llegaron a la selva amazónica y acabaron con la selva. Los conejos se fueron convirtiendo en gigantes. Sus patas aplastaban todo a su paso. Se asomaban a las ventanas de las pocas casas que quedaban en pie y asustaban a sus ocupantes que ya no podían salir de ellas. Además, como no había vacunas para ellos, algunos comenzaron a enfermarse y a morir y sus cuerpos se pudrían. Las moscas revoloteaban alrededor de los cadáveres de conejo. Las calles olían a restos nauseabundos.

Al final, como todas las decisiones reales, ésta también pasaría a formar parte del largo listado de fracasos.

De burro a conejo, de conejo a burro…

LOS IMPREVISTOS

Hoy ha sido uno de esos días.

Esta mañana, un gato negro con bigotes blancos yacía inmóvil en el monte por donde ando todas las mañanas. Me acerco con cuidado. No se mueve. No sé si está vivo o muerto. Doy la vuelta para poderlo ver de frente. Mueve entonces una orejita y me mira desconcertado. Voy a buscar algo de comida. Al acercársela pareciera que le hubieran puesto pilas. Se paró y, pobrecito, comió todo. Se le notan todas las costillas. Lo meto en una jaula y me lo llevo a la perrera municipal para que encuentren a su dueño o a alguien que quiera hacerse cargo de él.

Esta tarde me fui al pueblo. Se celebra el Festival Internacional de Cine. Dejo el carro cerca de la estación de autobús y me monto en uno especial que usan cuando hay actividades especiales.

Ni se me ocurrió ver o preguntar por los horarios. Simplemente asumí que funcionarían hasta tarde.

Quise regresar. Esperé y esperé, y nada. Los autobuses se habían ido a dormir temprano. Así que tuve que caminar de vuelta, mucho más de lo que hubiera querido.

Se hizo de noche y las calles sólo las iluminabas los carros que pasaban. Ninguno paraba, ni yo tampoco.

Mis zapatos no eran los más apropiados para caminar largas distancias. No había previsto que los autobuses pararían de circular antes de las siete de la noche. Yo, poco usuaria de ese sistema de transporte, asumí que pasarían, si bien menos frecuentemente, al menos uno por hora hasta la medianoche.

De pronto, y para completar el cuadro, comenzó a llover. Poco a poco las gotas se convirtieron en chorros. Mi ropa mojada ahora pesaba más que al principio del camino, porque por supuesto, tampoco previne que pudiese llover. El reporte meteorológico se había olvidado de ese pequeño detalle.

En fin, como dicen por allí al mal tiempo, buena cara, y literalmente lo apliqué. Comencé a tararear mis canciones favoritas y caminaba al ritmo de ellas. Ya la lluvia no me molestaba, ya no podía hacer nada más que seguir. Uno, dos, tres…, uno, dos, tres…

Una hora más tarde llegué a mi destino.

Me subí al carro y di las gracias.

Cansada. El día había sido largo.

Ya en casa, acompañada de mis fieles mascotas, me dispongo a descansar. Mañana será otro día.

LOS SUEÑOS

"¿Qué es la vida? Una ilusión, una sombra, una ficción, y el mayor bien es pequeño: que toda la vida es sueño, y los sueños, sueños son."

Pedro Calderón de la Barca.

Así se expresó el poeta en el siglo XVII. Las palabras escritas dejan su legado. Han pasado ya algunos años desde que las expresó, y aún quedan en el pensamiento, en el alma.

Como en los sueños, el alma se desnuda y deja entrar el inconsciente que no quiere salir durante el día.

Mis sueños son vívidos, como si realmente estuvieran ocurriendo.

A veces en mi idioma materno, otras en el adquirido en el exilio de mi idioma, donde siempre seré un poco extranjera. El acento marcado en las palabras diarias ya no lo escondo. Antes procuraba callar, ahora me sirve para romper el hielo. No falta el que pregunta "y, ¿de dónde eres?". Casi nunca aciertan.

A veces sueño en blanco y negro. Otras en colores.

Muchas veces en territorios conocidos, otras en esos que tengo en mi lista de cosas por hacer antes de morir, la lista de lugares que imagino, a los que quisiera ir.

Sueño con mis padres, con mi familia cercana, con mis amigos y con mis amores. Sueño con mis animales y con mis estudiantes. Sueño con gente que nunca he conocido.

Sueño con problemas y me vienen las soluciones.

Sueño en metáforas que debo descifrar, que me guían, que me orientan.

Sueño dormida, y sueño despierta.

Comienzo a escribir "El diario de mis sueños", de los que me acuerde. A veces pasan como las oportunidades y cuando me despierto ni me acuerdo. Por eso, desde hoy, dejo un cuaderno y un lápiz en mi mesita de noche.

Los sueños son más que simplemente sueños. Los sueños, sueños son.

ME ACOSTUMBRÉ...

Me acostumbré al silencio de tus palabras,
me acostumbré a la ausencia de tus besos,
me acostumbré a no tener tus caricias,
me acostumbré...
Me acostumbré a la soledad de mi cama,
me acostumbré a la mitad de mi armario,
me acostumbré a sentarme sola a la mesa,
me acostumbré...
Me acostumbré a viajar sin ti,
me acostumbré a mi exclusividad,
me acostumbré al ronroneo de mi gata,
me acostumbré.
Tus palabras, tus besos, tus caricias
vienen a mí en mis sueños,
me llenan de alegría
cuando menos pienso en ellos.
Imagino estar contigo,
ni siquiera sé todavía tu nombre,
pero algún día llenarás el vacío...
Sin buscarte llegarás
cuando menos te esté esperando,
y tocarás a mi puerta como yo lo he soñado.

ME PIDIERON QUE LO CONTARA...

Escuchaba el silencio.

Era casi la medianoche. Todo parecía estar en calma. Los vecinos habían apagado su luz. La luna llena iluminaba el firmamento lleno de estrellas, y reflejaba su infinita claridad en mi jardín.

Salí a despejarme un poco y comencé a caminar despacio por los senderos aledaños a mi casa.

El silencio se transformó en un concierto de búhos y sapitos. Un concierto diferente al de los amaneceres, cuando van despertando los pájaros.

De pronto una especie de silbido me llama. Llego a un lugar despejado, pero rodeado de grandes árboles, como una especie de auditórium natural donde estaban reunidos los animales del bosque.

Yo seguía desconcertada.

Súbitamente, y siguiendo mi instinto curioso, me subí a una roca para poder observar mejor. Era la invitada especial. Las criaturas querían contarme muchas cosas: todas hablaban al mismo tiempo, cada una en su idioma, pero yo podía entenderlas. Unas se me montaron sobre los hombros, otras se me sentaron

101

sobre mis piernas, y las demás me rodearon con una calidez única.

Lo primero que me dijeron era la razón por la cual nosotros, los humanos, preferimos dormir de noche. Fue un pacto que los animales y la naturaleza hicieron hace miles de años: La gente se duerme y nosotros, las criaturas con patas, podemos conversar en paz.

Me contaron cómo pasaban su día, su noche, su invierno y su verano, la lluvia, el sol, el viento… Me contaron también cómo habían sobrevivido por tanto tiempo, generación tras generación. Me contaron cómo habían servido de vestido y de alimento para nuestra especie. Me contaron que aquí en el bosque todos ellos viven en armonía, cada quien en su espacio, sin molestarse los unos a los otros. Que no se envidian, y que todos son diferentes y únicos.

Sin embargo, me contaron, ahora tienen que desplazarse a lugares más remotos. Las luces del alumbrado público les perturban la vista. Los ruidos de los carros, de los aviones y de los trenes les aturden y ya no pueden escucharse los unos a los otros como antes. Los olores de la basura y de las fábricas les dañan su capacidad de oler y de orientarse. Les cazan por el placer de matar y abandonan sus cuerpos donde caen.

Yo los escuchaba con atención, con el corazón arrugado, con lágrimas brotando de mis ojos. Tenían toda la razón. Les habíamos perdido el respeto, pero peor aún, nos hemos perdido el respeto entre nosotros mismos, los humanos.

Comenzaba a amanecer.

Cada quien volvió a su hogar y yo al mío.

Al llegar a mi casa abracé a mi perrita y a mi gata, que me habían estado esperando toda la noche. Les conté lo que me había ocurrido y parecía como si me hubiesen entendido. Me pidieron que lo contara.

NECESITO DESAHOGARME

...Y ayudar a desahogarse a tantas otras personas...

Comienzo por la misma palabra: des-a-hogar. ¿Sin hogar? ¿o sin ahogarse?

El tiempo no perdona. Todo se hace más difícil y complicado a medida que vamos entrando en años.

...pero yo aún...

Sí, tú aún...

Toco las puertas, se quieren abrir, y al final las sientes cerrarse en tu cara, sin explicación.

Le sigo dando vueltas a la cabeza.

Trato de reinventarme. ¿Trato o realmente me reinvento?

No soy la misma, entiendo. He cambiado. He luchado, he aprendido, he marcado camino.

Si, tú aún...

En mi mente trato de convencerme de esas palabras.

Y sí, ya no necesito tanto, pero necesito lo básico, y mi básico es muy básico.

Es sentirme útil, es sentir que respiro, es sentir que vivo.

No, no me voy a ahogar. Aprendí a nadar desde muy pequeña. Braceo, tomo aire.

Tampoco estoy sin hogar, porque aunque lejos físicamente, tengo una familia hermosa.

Hoy es un nuevo día. Tengo tantas bendiciones.

Levanto la cabeza y sonrío.

NUNCA SE SABE...

Regresé a aquel país adonde mandaba cartas emocionadas a mi amor platónico con quien nunca pude reconectarme después de un viaje extraordinario por el Caribe.

Caminando, casi flotando con mi amiga de la infancia por una calle llena de gente bonita y sonriente, decidimos tomarnos un cafecito en uno de esos restaurantes que tienen mesas al aire libre. Veíamos a la gente pasar y nos deleitábamos contándonos las aventuras y desventuras de nuestra juventud.

Los árboles que rodeaban el lugar estaban llenos de hojas de diferentes tonos de verdes, y algunos hasta tenían flores, aunque ya la época de floración hubiese pasado.

En la mesita de al lado, se encontraba un señor bebiendo un café. Se veía bien vestido. Como otros, leía. Lo interesante es que no leía el periódico, ni ningún libro como otros hacían. No. Sacaba cartas de una bolsa de cuero, de esas que usan los carteros. Una por una las abría y las leía lentamente, como si reviviera el momento cuando la carta fue escrita, como si soñara con la persona que la había mandado, con la remitente, pretendiendo ser el destinatario a quien estaba dirigida.

La curiosidad pudo más que mi discreción y seguí observándolo con el rabillo de mi ojo derecho.

Al cabo de un tiempo, coincidiendo con el pago de nuestras cuentas, mi amiga y yo nos levantamos para irnos. No teníamos prisa. El misterioso señor también se levantó después de haber guardado las cartas en el bolso.

Decidimos seguirlo.

Llegó a su casa. Vivía solo. Era un señor de cierta edad.

Tocamos a la puerta y le explicamos lo que nos había llevado hasta allí.

Nos invitó a pasar con una sonrisa muy tranquila. Nos contó su historia.

Había amado mucho a su esposa, Isabel, quien había fallecido hace tiempo. A Isabel la había conocido en tierras lejanas. Habían vivido un romance alimentado por cartas que iban y venían, perfumadas, siempre con algún detalle que las identificaba. Cuando pudieron se casaron, y ella se vino a vivir con él.

Sus cartas las había conservado.

También había mantenido un diario donde relataba su día como cartero. Más de un perro lo había mordido cuando se acercaba a las puertas de las casas para repartir la carga. Todos los días seleccionaba alguna carta que nunca llegó a su destino, y la guardaba. Nadie la reclamaba porque el sistema de correos era caótico y no se supervisaba.

Esas cartas y tarjetas que guardaba alimentaban su vacío romántico después que Isabel se había marchado.

Y ahora, después de tanto, las abría, las leía, las soñaba, las guardaba.

Reconocí las mías encima de la mesa de la cocina. Tenían sobres característicos. Nunca habían llegado a su destino.

OTRA VEZ

¿Nevando de nuevo? ¿Y a finales de febrero?

Tranquila, recuerda que todo pasa.

Este invierno ha sido largo, frio y húmedo. Parece que nunca fuera a acabar...

Sin embargo, quiero verle el lado positivo y pienso en lo lindo que se ve: todo blanco, puro, prístino. Quiero imaginarme estar viviendo la navidad otra vez.

Las noticias en la radio dicen que han descubierto otros planetas.

Hace mucho tiempo leí un libro de Wayne Dyer llamado Los regalos de Eykis. En ese libro, el autor describe un planeta que es copia exacta del nuestro, con la misma gente, con las mismas edificaciones, un mundo gemelo. La diferencia entre ese mundo gemelo y el nuestro es que en aquel es posible rebobinar decisiones que tomamos y cambiarlas por otras.

Al ver de nuevo la nieve me pregunté si estaría en ese otro planeta. También me puse a pensar en las decisiones que cambiaría en mi vida si me dieran esa oportunidad. Si pudiera, ¿de qué me arrepentiría?

Es una pregunta que se hace fácil, pero es compleja de contestar. Sería hasta arrogante pensar que no cambiaría nada, sería pretencioso pensar que mi vida ha sido color de rosa y que no he cometido errores. He cometido muchos, he tomado riesgos, he hecho daño, he caído, me he levantado, he reído, he llorado, he hablado y he callado, he aguantado y he reventado, he pedido perdón y he perdonado, he olvidado y he recordado. He vivido lo mejor que he sabido, y todo me ha servido para ser quien soy hoy.

Definitivamente, creo que prefiero vivir en mi planeta, ¡aunque vivir la navidad dos veces por año no es ni tan malo, mientras se tenga buen abrigo!

PERDEDORES Y GANADORES

En el juego de la vida y de la muerte estamos constantemente apostando.

Los de un bando en contra del otro, los de una cultura en contra de otra, los de una religión en contra de otra.

Al final, nadie gana y nadie pierde. Es un balance temporalmente desbalanceado. Hemos dejado que la balanza se quedara de un solo lado por mucho tiempo. Se atascó, se oxidó. Pareciera estar permanentemente fusionada.

Pero nada es para siempre.

En nuestros países, lo único constante es la inestabilidad. Es nuestra normalidad. En manos de caudillos y tiranos ha transcurrido la mayor parte de nuestra historia.

Los de mi generación tuvimos el privilegio de vivir un paréntesis paradisíaco, y pensábamos que eso era lo normal. Jamás nos creímos vulnerables. Nada de lo que nos está pasando se suponía que nos tocara. Pero nos llegó el turno. Nos dormimos en nuestros laureles. La arrogancia nos cegó. Nos creímos mejores que todos los demás.

IM-POSIBLE ?Por Qué No?

Ahora estamos empantanados y tenemos que salir si no queremos ahogarnos. Con palos construyamos puentes firmes. Con manos, agarradas unas a otras, formemos una cadena de fortaleza. Con nuestras cabezas planeemos nuestro futuro y, con nuestros corazones, luchemos por una mejor Venezuela. Vamos a hacernos merecedores de ella, mi nueva Venezuela, fresca, abundante y sana.

¿Será posible?

Depende de todos nosotros.

Sólo tú sabes la respuesta. Dime, ¿qué estás haciendo hoy por ella?

PYSANKY

Esta mañana, temprano como es nuestra costumbre, salimos a dar nuestro primer paseo. Hoy vamos las tres, Lady Gata, Mía y yo. Vamos sin prisas disfrutando de cada paso, de cada canto de los pájaros que también van despertando. Aún hace frío, pero ya no tanto. Es un día especial. Se siente en el aire, se siente en el renacer de las flores. Se siente en los colores pasteles del amanecer cuando comienza a salir el sol.

Es Día de Pascua, Domingo de Gloria.

A veces vivo con mis recuerdos, revivo mi pasado. No vivo de él, pero el recordar impulsa mi jornada.

En un día como hoy nuestra familia buscaba los huevitos de chocolate, que habían escondido en sitios estratégicos. En aquel entonces eran pocos, pero muy bien elaborados y muy ricos. Venían forrados con papeles de colores y en el relleno siempre había alguna figurita que nos hacía mucha ilusión. Creo que mis padres los compraban en una tienda de delicateses que quedaba en Chacaíto, llamada Frisco.

Hace tiempo que no encuentro huevitos de chocolate como aquellos y me entristezco.

Hoy, mientras caminaba, esos recuerdos me vinieron a la mente.

Al regresar me puse a cavar un hoyo para sembrar, simbólicamente, mi árbol de Pascua. Estuve abriendo el hueco con la pala de hierro. La perra me ayuda. La gata observa. Cavo y cavo para que las raíces del árbol queden bien protegidas. También tengo compost orgánico, lleno de minerales y vitaminas que lo harán crecer con mucho amor.

De pronto, la pala tocó algo diferente. La dejé a un lado y escarbé con mis manos. Las uñas se me llenaron de tierra pero no me importó. Delante de mí, un milagro. Un pysanka elaborado con mucho detalle. Está pintado con símbolos que cuentan una historia. Mi corazón palpita a millón. Lo recogí y entré en casa.

Prendí una vela. Le quité la tierra que tenía pegada y empiezo a ver, en detalle, el huevito de madera tradicional de Ucrania que encontramos en mi jardín. Parece una obra de arte. Es como un jeroglífico en miniatura. En el fondo encontré también unas palabras en ucraniano que logré descifrar con ayuda de buenos amigos. El mensaje decía: "Nunca pierdas la ilusión de la Pascua. Siempre pensamos en ti. Tu abuelo Pater".

Las lágrimas me corren por las mejillas.

Mi nuevo tesoro está ahora en un lugar muy especial en mi cocina, donde lo puedo ver a diario, y donde su mensaje me anima.

SINFONÍA SIN ESCALAS

Las ramas de los árboles se mueven con fuerza, de un lado a otro, al compás de un coro que también va y viene, con altos y bajos, como si estuviera en un teatro abierto y quisiera que todos lo escuchasen. Y tal como en un concierto de música clásica, hay momentos en que se enfurece con fuerza, y luego se calma. Las nubes tienen los cachetes inflados y silban.

La sinfonía tiene nombre: "Sinfonía sin escalas", natural y espontánea. Parece haberse puesto de acuerdo con la época del año, el otoño, donde las hojas debilitadas caen como los papelillos en carnaval lanzados desde las carrozas de los desfiles, dejando las ramas desnudas, esqueléticas, desprotegidas. Las hojas formarán una alfombra de múltiples colores; amarillos, anaranjados, rojos, verdes, con tonos de marrón, y cubrirán los caminos.

Los pájaros guardan silencio. Un solitario arrendajo azul, aventurero o perdido, se para en la baranda y pareciera estar llamando a su compañera. Se acurruca, salta, vuelve. Se da cuenta de que es mejor buscar un lugar seguro y se va.

La gata se acerca a la puerta. Cuando la abro decide que es mejor quedarse adentro. Yo también prefiero ser un poco más prudente hoy y pasaré mi día en casa. Me gusta. Disfruto de estos momentos en mi refugio personal.

La electricidad está amenazante. Se quiere ir, pero no está segura. Intenta. Aún no lo ha logrado. Está avisando.

Mejor busco unas velas y la linterna.

Más tarde, me acurrucaré como el arrendajo, y esperaré.

SORDERA

Los oídos ya no escuchan, se han acostumbrado al ruido de las metralletas. La música, sin darse cuenta, sigue sonando al fondo, pero ya nadie le hace caso.

Los ojos ya no ven, se han acostumbrado a las pantallas electrónicas. Los pájaros se pierden en su vuelo. Ya nadie les hace caso.

Las manos ya no tocan. Los abrazos que nos unían son ahora símbolo de otras intenciones y ahora todos se apartan, se van lejos.

El olfato ha perdido su capacidad de oler. Ya no puede distinguir entre una buena comida y los árboles quemados de los incendios.

El gusto confunde los sabores, ya nada sabe a lo que es, todo está genéticamente manipulado.

Ya no hay que inventar más robots, nos hemos convertido en gente de alma vacía.

El miedo nos ha dominado y nos ha paralizado.

Pero aún podemos dar vuelta, reinventarnos, querernos, abrazarnos, escucharnos, olernos, tocarnos, amarnos.

Podemos atender y entender los gritos de la naturaleza.

Podemos secar las lágrimas de los niños que tienen hambre.

Podemos volver a ser humanos.

¡Ya nos llegó el permiso!

Empecemos, ¿sí?

TAMBORES

Los tambores suenan en la distancia. Los puedo oír. Su ritmo es contagioso.

Me imagino un ritual mágico, donde la gente reunida alrededor de una fogata conecta su alma con la naturaleza, con la música, con la danza, con el fuego, con la tierra, con lo espiritual y con lo terrenal.

Quiero creer que es un aviso de mi imaginación, quiero pensar que es una especie de bienvenida de algo que no sé lo que es, todavía.

Mi corazón parece estar en competencia con los tambores y ellos, de repente, se callan para escuchar ese sonido que sale de mí.

Apoyo, entonces, mi cabeza en la almohada y me dejo ir.

No sé cuánto tiempo pasa, y realmente pienso que no importa. Siento como si volara acompañando una manada de gansos que van de mudanza al sur, previendo la llegada del otoño. Me reciben como parte de ellos, aunque no me les parezca. Siento esa ligereza, esa libertad que me lleva con el viento a tierras desconocidas.

Mientras más volábamos, más energía teníamos.

De pronto, inesperadamente, un huracán apareció y nos revolcó con una fuerza brutal. Los gansos más viejos no resistieron y sus plumas daban vueltas como si fueran ropa dentro de una lavadora, mientras sus cuerpos caían, sin vida, sobre el asfalto mojado por la lluvia. Los demás, casi milagrosamente, pudimos salir del torbellino y cambiamos nuestro rumbo, que se hizo un poco más largo, pero también más seguro.

Al final de nuestra jornada, llegamos al paraíso. Fuimos recibidos por aves de muchos colores y tamaños. Araucos, corocoras, arrendajos, garzas multicolores, loros y guacamayas, guacharacas y gabanes. Todas cantaban con sus sonidos vocales. Algunas, con sus picos, golpeaban las cortezas de los árboles y me recordaron los tambores que escuché antes de empezar mi viaje imaginario, mi viaje mágico a Venezuela, aunque fuera solamente por un rato.

TODO CAMBIA

Se acumulaban los restos de las verduras y las frutas en un rincón del jardín con la intención de que se transformen en un futuro en sustento orgánico de nuevas cosechas.

Hoy, después de algunos días donde la lluvia no tomó descanso, por fin salió el sol, que aprovecho para acercarme a la pila de pelas, semillas y otras variantes, incluyendo comida digerida por algunos caballos del vecindario.

La sorpresa fue inesperada.

De la parte posterior de la pila brotaban gran cantidad de hojitas. Pude reconocer algunos tulipanes, papas, y pimentones. Sin otra ayuda más que la propia naturaleza, la basura había generado vida nueva.

Me miro las manos y como si tuviese una lupa, veo cómo me crecen las uñas en cámara lenta. Veo como se van formando pliegues en mi piel formando nuevos surcos que no tenía antes. También mis células se están regenerando y me siento bendecida por esa nueva vida en mí, aunque se vea tan diferente a la de antes.

Y me recuerdo que la única constante es el cambio. Todo cambia y hoy, más que nunca, comprendo que me debo adaptar, que debo aceptar y continuar hacia adelante, echándole ganas, aceptando nuevos retos que no logro dilucidar. No los tengo claros aún, pero sé que debo levantar anclas de nuevo. El destino me lo ha dictado.

TODO ES PASAJERO

Estoy tranquila en casa, satisfecha de haber vivido otro día de la mejor manera posible.

Sentada en el sofá y acompañada por mi perrita, continúo leyendo el último libro que cayó en mis manos. Ya voy por la página 37. Antes, si no me gustaba un libro, continuaba leyéndolo hasta el final. Me sentía como si estuviera pecando si lo dejaba a mitad de camino. Al igual que con la comida servida, no podía dejarlo. Ahora, en cambio, puedo dejarlo atrás y aprovechar mejor mi tiempo leyendo otros que me entusiasmen más y, ¡hay tanto material excelente!

Al fondo suena uno de mis discos favoritos de música brasilera.

De pronto, Mía se levanta de un salto y comienza a ladrar. Corre de un lado a otro como una loca. No sé qué le pasa. De repente, una sombra gris seguida de la gata, y ahora también de la perrita, recorre la sala. Es un ratoncito pequeño, me imagino que aterrado y confundido, buscando un escondite que no encuentra. Yo quisiera ayudarlo, pero confieso tenerle un poquito de aversión y dejo que la naturaleza siga su curso. Mis pies arriba del sofá, esperan el momento para poder salir corriendo.

Musofobia, una nueva palabra que describe mi conducta. Como todas las fobias, tendré que trabajar en ella. De momento, sólo puedo recoger los regalos que mis criaturas me dejan y darles sepultura en medio de los árboles que rodean mi casa.

Encuentro en YouTube una canción de mi infancia: El ratoncito Miguel. Aún recuerdo la letra de la canción que no he escuchado en décadas y me pregunto: ¿cómo es posible que el cerebro pueda recordar esos detalles y borrar aquellos de momentos desagradables? ¿Será eso también parte de la selección natural que nos mantiene con una sonrisa?

Al fin y al cabo, en esta vida, ¡todo es pasajero!

TÚ VIVES EN MÍ

Vivo el momento en que me dieron ese libro de cumpleaños, dedicado.

Vivo el momento en que me regalaron aquel collar de perlas que luzco con tanto orgullo cada vez que tengo la oportunidad.

Vivo el momento de sus sabios consejos, de su amor incondicional del que me sentí celosa cuando lo compartían con otros. Hoy, cuando me entra alguna duda de lo que debo hacer, pretendo que siguen aquí, conmigo, y los siento.

Vivo el momento cuando llegaron a la clínica a ver a sus nietos por primera vez, y cuando los paseaban empujando el cochecito mientras se dormían.

Vivo el momento cuando mis hijos vivían dentro de mí, literalmente hablando. Y hoy, cuando siguen siendo una extensión lejana de ustedes.

Vivo esos momentos como si no hubieran pasado. La presencia de ustedes vive en mí, palpita en mi corazón.

Hoy encontré uno de esos momentos. Sin querer, y hablando de todas esas cosas que lo hacen a uno pensar que esos seres que han sido parte de tu vida lo serán eternamente, mi amiga Patricia me cuenta sobre una de las experiencias más sublimes de la suya.

Su hermano Scott había estado enfermo por mucho tiempo. Los médicos concluyeron que sus riñones ya no le servían como antes. Peor aún, estaban a punto de colapsar. Pasó por años de diálisis y de medicamentos. Lejos de mejorar, cada día se deterioraba ante los ojos de su gente querida. La única salvación sería un trasplante de riñón. En la lista de pacientes necesitados, sólo quedaba esperar el día del milagro, de esos que uno considera casi improbables. La fe nunca le faltó. La familia fue convocada. Sólo una persona, mi amiga, era compatible pero solamente en un pequeño porcentaje.

Decidieron correr el gran riesgo. Los hermanos se despidieron antes de las cirugías, casi simultáneas.

Pasaron las horas.

La sala de recuperación la compartieron. Mi amiga despertó primero. Su hermano, un poco más tarde. Los dos siguen presentes, bien presentes.

Pasaron más horas, pasaron más días.

No hay rechazo. El milagro se ha producido. El renacer de una nueva oportunidad se ha manifestado.

Parte de ella, ahora, vive en él. Seguirán unidos, no sólo por los lazos de sangre, sino también por el de los riñones.

Volverán a celebrar las fechas juntos, mejor que antes.

Y AHORA

Hoy caminaba, como casi todas las mañanas, por los senderos cercanos a mi casa. Iba distraída, pendiente de todo y de nada.

Unas ramas con espinas se me atravesaron y tuve que parar para poderlas retirar de mi paso. Con mucho cuidado, por supuesto. Más de una vez me he quedado enganchada o me han penetrado la piel.

Esta vez fue como una de esas señales de tránsito que uno encuentra por las carreteras y que te obligan a parar.

Volteé a mi izquierda y vi un hermoso nido, delicadamente preparado con ramas entrelazadas. El nido estaba vacío. No podría decir si alguna vez estuvo ocupado. Me llamó la atención que estaba rodeado de ramas con espinas, como si fueran una muralla protectora.

Me recordó a mis hijos. Cuando pequeños uno los protege como aquellas espinas, contra lo que venga, hasta que están listos para volar. Cuando el momento llega, el nido queda vacío sin su presencia física, pero quedan sus olores, sus risas, sus recuerdos.

Siento una especie de pena combinada con satisfacción.

El nido seguirá siempre cálido, para recibirlos de nuevo, cuando vengan, con sus propias familias.

No pude aguantar las ganas y le tomé una foto.

Y COMO TODO

No tenía ganas de salir, sin embargo no me quedaba otra opción.

Me monté en el carro y enfilé rumbo hacia el pueblo. Las nubes oscurecían el ambiente. Eran apenas las diez de la mañana. Prendí las luces para ver mejor y para que me vieran mejor. De repente, empecé a oír algo que sonaba a disparos de ametralladora. No paraban. Resultaron ser granizo. Peloticas de hielo caían del cielo con fuerza y sin parar, golpeando todo a su paso.

Pasados unos minutos el granizo fue sustituido por copos de nieve. Ya no hacían ruido, pero se estrellaban contra el limpiaparabrisas que no se daba abasto para retirar la nieve que seguía cayendo sin cesar.

¿Paro? ¿Sigo? ¿Qué alternativas tengo?

Como todo, es cuestión de tomar decisiones, hay que resolver. Puedo decidir estacionar y quedarme parada mientras sigue cayendo la nieve. Puedo decidir continuar el camino con prudencia. Puedo...

El camino se hace eterno, más largo que de costumbre. Hay que manejar lento para no resbalar, para no caer, para no chocar. Se pierde el control si no tomas precauciones. Escucho música que me calma.

Al pasar la última loma antes de llegar a mi destino, como por arte de magia el sol decidió hacer su aparición con una intensidad cegadora. ¿Dónde puse mis lentes oscuros? Trato de buscarlos tocando el asiento lateral del carro, donde recuerdo haberlos puesto la última vez. Al llegar, también tengo que quitarme una de las capas de ropa que llevo encima. Aquí nos vestimos así, porque el clima es impredecible. Ha sido un invierno largo, duro, frío y muy oscuro.

Hay que cambiar con el cambio, y recuerdo precisamente que la única constante es precisamente el cambio.

Y como todo, ¡también este invierno pasará!

Y LA CULPA LA TIENE

Llegué a casa después de un día agotador. Me extrañó que la perrita no saliera a recibirme con su habitual entusiasmo.

Apenas abrí la puerta me encontré con una alfombra blanca, hecha de pedacitos de papel de baño. Pareciera que alguien hubiera estado trabajando en ella para darme la oportunidad de caminar sobre una alfombra. Esa alfombra no existía cuando salí de casa en la mañana.

Llamo a la gata y aparece con cara de cómplice indiferente. Quiero leer en sus ojos toda la historia de lo que ocurrió durante el día. Ella, fiel a su compañera la perra, no se atrevió a decirme ni pío.

Llamo al otro perro que vive ahora como inquilino. Es un Golden Retriever que pareciera no romper ni un plato. Se llama Buzz. Aparece y me mira con una mirada que más bien provoca absolverlo de toda culpa, aunque me parece que estuvo involucrado porque le quedan muestras de papel en la comisura de su boca y entre los pulpejos de los dedos.

La tercera, Mía, no quiere mostrar su cara. ¡Así será su sentimiento de culpa!

La encuentro debajo de la cama, de donde no quiere salir. Tarde o temprano tendrá que hacerlo, tarde o temprano querrá comer y necesitará ir al jardín.

Si recojo la alfombra sin su presencia…

No, no la voy a recoger aún.

Espero una hora.

Terca como una mula, sigue escondida bajo la cama.

La saco de allí. Comienza a temblar. Pobrecita. Ella recuerda lo que hizo con sus amigos.

Los reúno entonces a los tres. Sé que dos de ellos me escuchan, o pareciera que lo estuvieran haciendo. La gata… Ella se limpia las patas, por decirlo de otra manera, se lava las manos de toda culpa.

El momento pasó.

Al final, la alfombra hecha de retazos pasó a mejor vida en la chimenea.

YA CASI NI ME ACUERDO

Ya casi ni me acuerdo. Los años no han pasado en vano, pero aún respiro el aroma del agua salada cuando las olas rompen contra las rocas. Tengo muy buen olfato. La verdad es que, a pesar de los altos y los bajos que todos pasamos en nuestras vidas, la mía me ha dejado un sabor especial en el alma, y cuando estoy cerca de la playa es como si estuviera en el paraíso.

Ya casi ni me acuerdo de mi madre, y de mi padre nunca supe nada, excepto que puedo imaginarme que sería grande y hermoso, con el pelo largo y descuidado. Mi madre biológica era muy especial. Nos cuidó a nueve hermanos a la vez y todos crecimos juntos hasta que cumplimos los dos primeros meses. Después, uno a uno, nos fueron separando. Yo jugaba todo el tiempo, era travieso, me escondía y aparecía saltando encima de los demás. Nos mordíamos sin hacernos daño y crecíamos tan rápido que de un día al siguiente parecíamos otros. Un aviso en el periódico atrajo a quienes nos adoptarían. Mi madre lloraba, cansada, impotente. No supe más de ninguno de ellos, ni de ella.

Ya casi ni me acuerdo de mis primeros dueños. Era el mes de diciembre y las navidades se acercaban. Me metieron en una caja de cartón con un lazo rojo atado. La caja tenía unos huecos por donde yo observada todo lo que acontecía a mi alrededor. Eran también para ventilación, para que no me muriera asfixiado. Yo casi ni respiraba. Me quería hacer invisible. No entendía nada y sentía miedo. Al final de una espera que me pareció eterna, una niña rubia y caprichosa me sacó de la caja. Al verme comenzó a patalear. "Eso no es lo que quería", gritaba con rabia. "Yo quiero un perro fino, un perro de raza pura". Yo estaba lejos de serlo. Me parecía un poco a todos y a nadie. No creo que fuese tan feo, porque todos los cachorros somos hermosos, pero la desesperación de la niña me hizo pensar que en mi caso yo era una excepción. Tampoco olía muy bien ya que había pasado demasiado tiempo encerrado y aún no sabía controlar mis esfínteres. Pienso que no debemos ser simples regalos de navidad.

Pasé solo unos días en esa casa lujosa. Me llevaron al veterinario donde me pincharon varias veces, me dieron una cosa horrible que me supo a diablos (creo haber entendido que era para que se me salieran unos animalitos que tenía en las tripas), y me dieron una cita para una operación. Me querían cortar unas bolitas que apenas se me veían. Yo no sabía por qué eran tan desagradables, a mí no me molestaban. ¿Una cirugía siendo tan joven? Si apenas sabía comer por mi cuenta. Al final, no me la hicieron.

Dos semanas de infierno pasé en esa casa donde nadie me quería. Era yo el motivo de la infelicidad de la princesita y había que buscar una solución rápida para que no fuese a frustrarse por mi culpa.

Un día, al irse la niña al cole, el chofer quien se llamaba Tomás, me alzó por mis patas delanteras, me subió al auto, y juntos nos fuimos de paseo. Yo estaba feliz. Movía mi colita de un lado al otro, sin parar. No sabía adónde me llevaba, y la verdad es que ni me importaba, con tal de salir de esa mansión llena de objetos caros (algunos los rompí sin querer), pero carente de lo más importante. Era un hogar sin corazón y ya yo no quería estar allí.

Llegamos a una estación de autobuses. Nos bajamos, nos fuimos a la parte posterior de los estacionamientos, y allí Tomás me dejó, amarrado a un poste con una cuerda bien cortica para que no me pudiera mover.

Confundido, lo vi partir. Esperé a que regresara. Pasaron las horas, muchas horas, y nunca volvió por mí.

Yo tenía sed y hambre. También hacía bastante frío. Aún era invierno. Comencé a gemir, cada vez más alto, llamando a alguien que quisiera adoptarme. Las energías se me estaban desvaneciendo.

Ya casi ni me acuerdo de cuánto tiempo transcurrió.

Pasó entonces un pordiosero con alma de santo. Me desató y nos fuimos a vivir bajo un puente. Compartió conmigo lo poquito que tenía para comer. Dormimos toda la noche, acurrucados el uno al otro. Él tenía una cobija gris y sucia que alguien había botado a la basura. A la mañana siguiente lo acompañé a su caminata habitual. Se llamaba Ramón y seguía la misma ruta todos los días. La gente lo conocía. Algunos le daban unos papeles y otros unas monedas, y con eso, que creo que llamaban dinero, compraba los alimentos. Me da la impresión de que, al verme con él, la gente le daba un poquito más de lo habitual. Yo le servía para crear lástima y hasta un poco de culpa a quienes pasaban por delante.

Un día vino un grupo de trabajadores a demoler el puente donde dormíamos. Iban a construir uno nuevo y tuvimos que irnos. La policía se llevó a Ramón y a mí me dejaron, de nuevo, abandonado a mi suerte.

¡Qué suerte! Esta vez creí haberme ganado la lotería. Al pasar por delante de un restaurante de carnes el olor se me hizo irresistible. En la basura encontré restos de comida que nadie quería. A mí me pareció extraordinario. Sin duda alguna había encontrado mi lugar en la tierra. Deambulaba a mis anchas, comía hasta hartarme, dormía con la pancita llena.

Fueron unos meses perfectos. Yo seguía creciendo. La gente que pasaba hasta me acariciaba, aunque algunos pocos me lanzaban patadas que dolían. Con el tiempo había aprendido a cruzar las calles, a mirar de un lado al otro, y nunca me atropellaron.

Un día empecé a oler un perfume de perrita en celo y lo seguí por varias cuadras hasta que pude detectar de quién venía. Una cuadrúpeda hermosa me llamaba y me enamoraba. Tuve que pelearme con unos cuantos para poder llegar hasta ella. Perdí mi oreja derecha en uno de esos agarrones, pero al final pasamos momentos indescriptibles, como si estuviésemos de luna de miel. Efímero, como casi todo lo bueno, ese momento pasó.

Ella se fue por su lado, y yo volví, deshecho y flacuchento, al restaurante de carnes.

Ya casi ni me acuerdo, pero llegó el segundo verano de mi vida. El calor era insoportable. La lengua parecía que fuese una corbata ligada a mi boca. Un letrero frente al restorán decía: "Cerrado por vacaciones". Me quedé sin mis comidas diarias. No podía quedarme allí a esperar. Yo no tenía noción del tiempo. Comencé a caminar hacia donde el instinto me decía que haría más fresco. En mi trayecto encontré muchos perros tristes, abandonados. Nos hicimos amigos, nos ayudábamos los unos a los otros y decidimos formar un sindicato para pelear por nuestros derechos. Poco a poco nuestra asociación fue tomando fuerza. Ya no nos sentíamos solos. Teníamos un objetivo en común, queríamos tener un hogar donde nos quisieran, nos alimentaran, nos cuidaran y nos dieran cobijo. A cambio nosotros seríamos la mejor compañía y la mejor protección.

Ya casi ni me acuerdo pero llegamos al patio de una casa modesta de donde salió una señora mayor. Al vernos sacó unos recipientes con agua fresca que tomamos tan rápido que tuvo que buscar más. Yo me sentía como si hubiera caminado por el desierto por años. Bebimos y caímos dormidos de tanto cansancio acumulado. Los pulpejos de nuestras patas estaban rotos y ensangrentados. Ya no podíamos seguir caminando más. Al despertarnos, la mujer nos dio comida. Se sentó a nuestro lado y nos preguntó sobre nuestras vidas. Cada uno le fuimos contando en un lenguaje mágico sin palabras que todos entendíamos.

Ya casi ni me acuerdo de los detalles, pero esa gran dama tradujo nuestros deseos en palabras conmovedoras. Nos leyó lo que había escrito. Nuestro gremio apoyó la moción y ella salió al Ayuntamiento a representar nuestro caso. Como en toda burocracia, le tomó varios meses hasta que decidieron escucharla. En esos tiempos de espera, ella no perdió su tiempo. Llamó a sus amigos, a sus vecinos, a sus familiares. Organizó reuniones en su casa.

Ya casi ni me acuerdo, pero llegó el día en el que se abrieron las puertas de la Alcaldía. Presentó su caso en detalle. Todo lo había preparado de manera que tocara las fibras más profundas de quienes la iban a escuchar. También había recolectado miles de firmas en apoyo a nuestra causa. Los allí presentes la escucharon con atención. La doñita también había preparado una manifestación de solidaridad a sus peticiones. La calle estaba llena de amantes de los animales, de los miembros de nuestro sindicato perruno, y de gente de la prensa nacional e internacional. Al salir de la audiencia, caminando apoyada en su bastón, con el paso lento y con una sonrisa de oreja a oreja, se paró detrás de los micrófonos y delante de las cámaras a contar lo que había pasado en la reunión.

Ya casi ni me acuerdo, pero como todo quedó por escrito puedo hacer referencia a ello y refrescar mi memoria. Ese día, y gracias a toda la gente de gran corazón, se aprobaron varios decretos importantes, entre los cuales se nos protegía de maltratos y de abandonos. No solamente eso. También se aprobaron

Centros de Salud para los animales, comedores especiales y unos lugares de recreación y educación donde los niños que no podían tener mascotas en su casa venían a jugar con nosotros y donde recibíamos clases para poder ser útiles a la sociedad. Se aprobó también un sistema de visitas a orfanatos, a albergues de ancianos, guarderías, hospitales, centros de rehabilitación y hasta cárceles. Por último, se aprobó la creación de un asilo especial, una especie de retiro paradisíaco para nosotros, los perros, los gatos y todos los animales que necesitaran atenciones especiales.

Ya casi ni me acuerdo porque ya creo que estoy llegando al final de mis días, pero mi jornada en la tierra fue muy especial. Fui instrumento de paz y de amor, de entendimiento entre nosotros y los humanos.

Cuando me llegue el día de partir, me iré contento, y volaré al cielo de los animales.

Ahora sí que me acuerdo.